KB097358

내가 어디로 튈지 나도 궁금해

산고가 있고 나서 비로소
태어나는 새 생명은
고통을 통한 열림이며
부활

물소리, 바람 소리보다 더 큰
새 날갯짓 소리
꽃잎 벙그는 소리

굳게 닫힌 돌무덤
혹은
꽁꽁 닫아 걸은 다락방
그 속에 숨어
넌 마음이 놓였니

얘들아, 열어라
다시 사랑으로
부활을 이야기하자꾸나

내가 어디로 튈지 나도 궁금해

윤병훈 신부

학교 설립 교장 신부의 감동 교육 현장 기록

다밋
DAMEET

책을 펴내며

1997년 대안교육 제1세대 선수로 뛰어들었다. 시작이 반이라고 하는데, 설립부터 경영까지 경험이 없다 보니 시작하기조차 힘들었다.

설립의 첫 관문은 학교 터를 마련하는 일이었다. 지역 텃새는 학교가 설 자리를 용납하지 않았고, 우리에게는 암흑기와 다름없는 고통이 따랐다. 지역의 끈질긴 반대로 대안교육의 계획이 어디로 튈지 몰라 전전긍긍했다. 풍전등화의 위기였다. 학교터를 마련하려는 계획을 관철시키기 위해 지역 군단 반대 세력의 마음을 돌려놓아 서로를 등식으로 만드는데 꼬박 3년이라는 시간이 흘렀다.

지금 생각해 보면, 그 시절이 그립기도 하다. 3년여의 싸움이 우리를 하나로 품어주었기 때문이다.

"신부님, 그동안 수고 많으셨어요. 이제 마음 놓고 우리 지역에 멋진 학교를 세워 주세요."

그렇게 첫 삽을 떴고 전국을 순회하며 후원을 받아 교사동을 건립했다.

그러나 첫 입학식을 하며 학생들을 만났을 때 땅이 진동을 하는 듯 했다. 작당 모의를 하고 함부로 튀는 모습에 미래 비전이 깜깜해 보일 때도 있었다. 교구는 오래전부터 명문 사학을 청주 도심에 세우기로 꿈을 꾸고 있었다.

"왜 하필이면 대안학교야?" 선배 사제가 말했다.

"잘 해보라구," 비아냥거리는 소리도 많았다.

그런데 그 학교가 명문학교보다 더 좋은, 학부모도 학생도 즐거워하는 좋은학교가 되었다. 2013년, 대안교육은 성공한 '좋은 학교Quality School' 인증을 받고 세상에 높이 드러났다. 사람들은 세월이 약이라고 했다. 삶이 교육이 되었을 뿐만이 아니라, 교육의 진수를 담은 보약을 만들었다고도 했다. 한 사제가 교회의 일이라며 대안교육에 뛰어들었고, 세상은 그 시점에 꼭 필요한 학교가 태어났다며 박수를 쳤다. 그러는 사이 4반세기가 지나갔다.

아이들과 함께 지내며 때로는 화가 나고, 눈물겹고, 행복했던 기억들이 잊히기 전에 기록으로 남기기 시작했다. 처음

3년을 사는 동안에는 '뭐, 이런 자식들이 다 있어?' 라는 말이 마음에서 떠나지 않았다. 첫 번째 낸 책 이름도, 『뭐 이런 자식들이 다 있어』였다. 그 때는 학생들 자신도 '내가 어디로 튈지 몰라 나도 궁금해'하는 듯 했다. 그들의 낯설고 거친 행동을 보며 당황스러워하던 일이 지금도 선명하다.

두 번째 책은 『너 맛 좀 볼래!』였다. '선생님 맛 좀 보시겠습니까?', '신부님 맛 좀 보시겠습니까?', '수녀님, 맛 좀 보시겠습니까?' 그들은 울분을 토하듯 항변했다. 그래서 우리가 대신 뭇매를 맞아야 했다.

'저희도 살고 싶어요. 죽어가고 있는데 왜 세상은 저희에게 관심을 가져주지 않는 걸까요?'

100년 전통의 한국 교육이 그랬다. 제대로 된 교육이라 할 수 없었다. 우리는 들로 산으로 세계로, 함께 걷고 달리고 뜨고 내리며 그들이 높이 멀리 날 수 있도록 지켜보았다.

'놀이'는 아이들 스스로 철학을 생각하고, 공부하며, 살아갈 수 있게 해주었다. 자신들이 생각하는 자유가 방종이란 것을 알게 되었고, 비로소 비상을 꿈꾸게 되었다. 세 번째 책은, 『발소리가 큰 아이들』이었다.

어느새 아이들은 학교, 학원, 집으로 이어지는 삶 속에 머무르지 않고 세계를 향해 비상하는 청년들로 바뀌어가고 있었다. 그들은 자신의 특성은 살리지도 못한 채 정형화된 도식에 갇혀 성적 1점을 올리는데 급급해하며 살지 않았다. 그들은 기류의 흐름을 체험하고, 투시도를 꿰뚫어보는 학생들이 되어 가고 있었다. 그때쯤 나도 비로소 사제다운 사제, 선생님다운 선생님이 되어 가고 있었다.

사제로써 생명에 관한 이야기를 많이 하게 된다. 그런데 고통 없는 삶은, 생명과는 거리가 멀다. 그러한 삶은 참 생명의 언저리에서 요란하게 변죽만 울릴 뿐, 감동과 기적이 있을 수 없다. 그동안 우리가 감당해야 했던 고통의 십자가는 교육의 부활을 이끌어 내주었다. 이는 하느님이 주신 '기쁨'이라는 크나큰 상급이었다. 그 누구보다 나와 함께 지냈던 학생 제자들이 고마웠다. 그래서 네 번째 책 이름은 『그분의 별이 되어 나를 이끌어 준 아이들』이 되었다.

이제 교육의 부활을 노래하는 책을 출판하려고 한다. 제1권은 『내가 어디로 튈지 나도 궁금해』, 그리고 제2권은 『멀리 보고 높이 날고 싶었던 거야』이다.

아름다움은 고통을 넘어Beyond 부활을 경험할 때 절로 얻게 되는 상급이다. 이처럼 지금까지 내가 현장에서 실천해온 그 모든 것이 예수님으로부터 배운 교육학이었다. 고개 숙여 무릎 꿇고 감사의 기도를 드린다.

2023년 10월 연중 제28주간 토요일에
윤병훈 신부

차례

2부 고운 무늬 수를 놓으며

3부 넘치는 사랑 넘치는 끼

4부 부모라는 그릇

5부 엉킨 낚싯줄 풀듯이

1부

사랑으로 다가가기

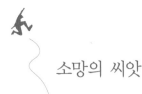

소망의 씨앗

　1995년 겨울, 성적 비관과 학교 부적응 등으로 청소년들의 자살과 학원 폭력이 기승을 부리며 교육 문제가 서서히 표면화되기 시작했고, '자녀, 학교 안심하고 보내기 운동', '매년 중도 탈락 학생 10만 명 넘어…….' 등의 심각한 표제들이 신문을 장식하고 있을 때였다.

　그해 교감 자격 연수를 하고 있을 무렵, 나는 연수 기간 내내 교사이기 이전에 성직자로서 학교 문제를 바라보며 부적응 학생들을 살리는 방법을 찾고 있었다. 인성 교육과 학생 지도에 만전을 기하라는 교육학자들의 원론적인 주장보다는 공교육의 울타리 밖으로 나온 아이들을 위한 구체적인 대안 마련이 시급하다는 요구가 소명처럼 마음 안에서 울려 퍼지고 있었다. 인간성 존중에서 출발해 학생들을 신뢰하며 그들의 생명을 일으켜 세우는 본래의 교육 본질을 구현하는 학교가 절실히 필요한 시점이었다.

　어느 학생이 신나는 학교, 즐거운 학교, 성취도가 높은 학교에 다니고 싶지 않을까? 내가 그런 학교를 만들어야 한다는 소명 의식이 점차 뚜렷하게 마음속에 자리 잡아 가고 있었다.

1997년 봄 드디어 소망의 씨를 심었다. 당시 청주 교구장이었던 정진석 대주교와 김영세 교육감의 절대적인 지지와 교구 사제단의 도움으로 새로운 대안학교가 생겨날 수 있게 되었다. '중도 탈락 학생을 위한 학교 설립 추진'이라는 소식은 교육계에 큰 파장을 일으키며 전국에 알려지기 시작했다.

시작이 반이라는 마음으로 뛰어들었지만 결코 만만찮은 일이었다. 마을 주민들의 극심한 반대 때문에 부지 선정부터 난관에 부딪혔다. 또 입학한 아이들을 만나면서 시작된 고통은 지금까지의 경험을 통틀어 이보다 더한 고통은 없으리라 생각될 정도로 극단적인 것이었다. 그러나 그러한 어둠과 아픔의 순간은 지나가고 밝은 내일을 희망하며 지나간 그때를 바라볼 수 있는 마음의 여유가 생겼다.

양업학교가 자리를 잡은 이곳 옥산면 환희리는 생명을 품어 안은 어머니처럼 편안했고, 병풍처럼 드리운 아늑한 산자락과 물안개가 피어오르는 내川가 지친 우리를 따뜻이 반겼다. 아이들이 사랑스러워서 하느님만 믿고 겁 없이 덤빈 일이었다. 이 아이들과의 사랑 이야기를 함께 써 나갈 선생님들을 찾고 있을 무렵 노트르담 수녀회의 수녀 세 분과 마리스타 수도회의 수사 네 분이 자청하여 나섰다.

1998년 1월 21일 학교 설립 인가가 나왔다. 우여곡절 끝에 시작한 교사동 신축과 신입생 선발이 급해진 것이다. IMF의 영향으로 경제적 여건이 좋지 않았는데도 많은 이들의 관심과 사랑이 넘쳐났다.

돌아보면 엊그제 같은데 벌써 두 번째 졸업생들이 졸업을 기다리고 있다. 우리가 그동안의 시간을 어떻게 보냈는지 많이들 궁금해 한다. 고통스러운 순간도 많았지만, 그들과 함께 살아온 날들이 나를 교육자로 싱싱하게 가꾸어 준 시간이었다고 감히 말할 수 있을 것 같다.

바로 여기

시간이 지나면서 말하기도, 듣기도 싫은 단어가 하나 생겼다. 중도 탈락 학생 즉, '문제아'라는 말이었다. 솔직히 말해나 역시 아이들을 만나기 전에는 그런 말을 아무 거리낌 없이 입에 올리곤 했다. 그런데 아이들과 함께 살면서 그들이 문제아가 아니라, '문제를 극복하기 위해 저항한 아이들'이라는 사실을 인식한 후로는 문제 어른은 있어도 '문제아'는 없다는 사실을 알게 되었다.

어쨌든 당시 부적응 학생들을 위한 학교 설립 소식은 기존의 교육에 새로운 활력을 불어넣을 만큼 신선한 충격으로 받아들여졌다. 참교육의 열정만큼이나 청소년들이 살아 숨 쉴 수 있는 구체적인 교육 현장이 만들어져야 한다는 절박함이 양업고등학교를 뒷받침해 주었다.

그러나 아무리 좋은 일이긴 하지만 학교 부지며 재정 문제, 함께 일할 교사 확보 등의 난제에 직면하자 나도 모르게 기가 꺾이는 때도 많았다.

폐교된 학교를 구하기만 하면 우리의 꿈을 쉽게 펼칠 수 있으리라고 단순하게 생각했다. 지금까지 순탄하게 살아온 나는 폐교가 덩굴째 들어올 것이라는 꿈으로 한껏 부풀어 올랐다. 도교육청에서 교원대학교 뒤편에 위치한 J초등학교가 어떠냐고 알려 왔다. 한국교원대학교가 가까이 있어 든든했고 잘 가꾸어진 교정도 맘에 들었다.

그런데 이를 안 지방 신문이 '중도 탈락 학생을 위한 양업학교 장소, ㅈ초등학교로 결정'이라는 제목의 기사를 실었다. 그러자 ㅈ리 주민들이 일제히 들고일어났다. '쓰레기장이 들어온다더니 인간쓰레기 학교 웬 말인가'라는 거친 내용의 현수막이 동네 어귀에 걸렸다. 한창 자라나는 청소년들에게 어떻게 그리 모질고 날카로운 돌을 던질 수 있을까.

내가 그 동네에 들어갔을 때 이장들은 그들의 입장을 주입시킨 할머니들을 마을회관에 한가득 모셔 놓았고, 할머니들은 막무가내로 "뭐라고 해도 우리 마을은 안 돼!"라고 소리쳤다.

처음으로 사람들과 부딪힌 날이었는데, 무참하게 깨지고 돌아왔다. 문제 청소년이 몰려오면 지역 정서가 불안해지고 자녀 교육에 악영향을 끼친다는 게 그들의 이유였다. 이러한 님비 현상은 청원군 M면까지 이어져 학교 부지 선정 계획이 모두 무산되어 버렸다.

하지만 시간이 지나면서 학교 설립의 공감대가 증폭되었고 우리는 폐교 대신 새로운 부지를 매입하게 되었다. 동료 신부들과 함께 땅을 보러 다니다가 공기 좋고 물 맑은 이곳을 발견하게 된 것이다.

신부들이 일제히 "바로 여기다!"라고 소리친 곳이 바로 환희리歡喜里땅이었다. 님비 현상으로 이곳까지 왔지만 '이제 와 생각하니 사랑이었소.'라는 노랫말이 생각나면서, 우리가 왜 여기까지 오게 되었는지 그 궁금증이 풀리는 듯했다. 일의 진척은 계획보다 늦어졌지만 더 좋은 양업의 자리를 위해 하느님이 여기까지 인도해 주셨음을 느끼는 순간이었다.

첫 입학식

1997년 늦가을, 우리가 봐 둔 곳에 있던 부도난 공장 건물을 허물고 서둘러 터를 닦았다. 1998년 3월 안으로 건물을 완공해 개교 및 입학식을 치르기에는 무리였다. 겨울치고는 날씨가 포근해서 다행이긴 했지만, 공사 기간이 너무 짧아 입학식 날짜가 계속 미뤄지고 있었다. 3월 28일로 정해 놓은 입학식에 맞출 수 있을지 걱정이 태산 같았다.

입학식 전날까지 마무리를 하느라 정신이 없었다. 밥 먹을 식당도 신입생들이 짐을 풀 장소도 마땅치 않았다. 무엇보다 여유를 갖고 아이들을 따뜻하게 맞이하고 싶었는데, 그때 일을 생각하면 지금까지도 미안할 뿐이다.

공사 인부들과 마을 사람들은 도대체 어떤 아이들이기에 여기저기서 그토록 많은 사람들이 반대했을까 하며, 호기심이 가득한 눈빛으로 두리번거렸다. 그리고 새로 들어온 이방인들을 발견하고 수군거리기 시작했다.

아이들은 들어오자마자 창가 양지바른 곳에 걸터앉기도 하고 옹기종기 모여 담배를 피워댔다. 첫 지원자는 마흔여섯 명이었고 그 중 마흔 명이 면접을 마친 상태에서 서른여섯 명의 아이들이 입학을 기다리고 있었다. 남학생 열아홉 명, 여학생 열일곱 명이 양업의 첫 가족들이었다. 면접 때, 졸업장만이라도 손에 쥐어주면 여한이 없겠다며 꼭 입학시켜 달라고 애원하는 학부형들도 있었다.

학교와 사회, 가정에서조차 적응하지 못하고 뛰쳐나온 아이들은 서로를 이방인 대하듯 바라보다가 감정을 건드리기라도 하면 금방 싸움을 벌일 기세로 으르렁거리며 첫날을 보냈다.

아니나 다를까, 다음날부터 순탄치 않았다. 신고식을 하는 것일까. 여학생들 중 몇 명은 머리끄덩이를 잡고 발길질과 질펀한 욕을 해대며 싸웠다. 뭐, 어떻게 쳐다보았다나! 재수가 없다며 서로 같은 반이면 학교를 안 다니겠단다. 주변을 정리하다 말고 그런 모습을 바라보는 선생님들과 학부형들의 입에서 한숨이 새어 나오고 있었다.

드디어 입학식 날, 새로운 역사가 시작되는 순간이었다. 입학식 내내 내빈들은 입학생들을 유심히 바라보았다. 그러나 아이들은 지루한 듯 다리를 꼬고 장난을 쳤다. 입학식이 빨리 끝나기만을 바라는 눈치였다.

입학식에 참석한 손님들이 다 돌아가자, 우리와 학생들만 남게 되었다. 내빈들 얼굴에 드리운 걱정스러운 모습을 떠올리며 한동안 넋을 잃은 채 생각에 잠겼다. 학교가 세워지기까지 도움을 주신 분들을 한 분 한 분 기억하며 이 낯설고 새로운 역사의 시작을 겸허하게 받아들이기로 했다.

그런데 순식간에 아이들이 우르르 사라지더니 학교 전체가 흡연터로 바뀌었다. 모이라는 소리에도 아랑곳하지 않고 뿔뿔이 흩어져 어디론지 가버리고 거센 욕지거리만 바람을 가르며 날아 들어왔다.

단정한 모습, 예쁘고 밝은 얼굴, 새 가족을 만난다는 기쁨…… 이런 기대는 일찌감치 접어두었다 해도 부대껴야 할 일들이 눈앞에 보이자 절로 긴장이 되었다.

입학식 후 밀려오는 공허감을 추스르며 교사들은 벼랑에 서 있는 것처럼 위태위태한 아이들을 하염없이 바라보았다. 이제 남은 것은 우리 몫이었다.

공업, 농업, 상업, '양업?'

첫해부터 지금까지 학교에 걸려온 전화 통화료를 환산하면 꽤 큰 액수가 될 것 같다. 하루에도 수십 통의 문의 전화가 걸려오고 있으니 말이다.

"거기, 문제아 학교 맞죠? 제 아이는 문제가 없고요. 그냥 학교엘 가지 않으려 합니다."

"우리 아이에게는 별 문제가 없는데, 나쁜 친구들에게 물들까 봐 피하려고 합니다. 그곳에 들어갈 수 있습니까?"

"우리 애는요, 공부를 안 합니다. 소질도 없고요. 큰일입니다. 그 학교 가면 소질을 계발시켜 준다면서요. 그런데 공업, 농업, 상업은 알겠는데 '양업'은 무엇을 하는 학교인가요? 누에를 기르는 학교입니까, 닭 키우는 학교입니까?"

가톨릭 신자들조차도 이런 질문을 하곤 한다. 정신없이 쏟아지는 질문에 답을 해주기 위해 아예 수녀님 한 분이 전담을 하게 되었다.

양업良業고등학교는 한국 천주교회에서 두 번째로 사제가

된 최양업崔良業, 1821~1861 신부의 이름을 따서 지은 것이다. '어질 양良, 일 업業'의 단순한 자의적 의미로 어질고 좋은 일을 한다는 뜻도 있지만, 더 나아가 최양업 신부를 주보성인으로 모시고 그분이 이 땅에 복음화를 이루신 것처럼 청소년들을 위한 새로운 학교로서 좋은 업적을 이룬다는 뜻을 품고 있다.

또한 가톨릭 학교로서 그리스도의 사랑을 통한 인성 교육을 건학 이념으로 삼았다. 학교 교육의 바탕 이론으로는 미국의 심리학자인 윌리엄 글라서의 '선택 이론과 현실 요법'을 택하고 있다. 그 이론이 지향하는 목표 역시 '좋은 학교Quality School'이니, 그 의미가 양업과 잘 맞아떨어진다 하겠다.

학교 이름도 그냥 붙여진 게 아니라, 하느님의 섭리가 작용한 것이라고 느껴진다. '사랑으로 마음을 드높이자'를 교훈으로 인성 교육을 중히 여기는 양업은 우리만이 지니는 자긍심을 갖고 자기 정체성을 지니며 세상을 자주적으로 열어 가는 인재를 육성한다는 교육 목표에 맞게 충실히 걸어가려고 한다.

양업의 교육 이념

양업고등학교의 교육 이념은 한 마디로 '사랑'이다. 어른들이 일방적인 기대와 고정관념으로 청소년들의 운전대를 빼앗아 간섭하고 강제해 학생들에게 상처를 입히는 오늘의 교육 현실을 반성하며, '사랑으로 마음을 드높이고 각자의 소질과 개성을 존중하며 교육하자'는 것이 양업의 건학 이념이다.

'한국심리상담연구소' 김인자 교수를 만나면서 학부모와 교사의 일방적인 강제로 인해 학생들이 자아를 잃어버리게 되었으며 오랫동안 타인의 욕구에 억제당하고 있다는 것을 알게 되었다. 학벌 위주의 사회 풍토와 혹독한 입시 경쟁 때문에 많은 학생들이 생기를 잃게 되었으며, 이런 방식의 교육은 응용력, 상상력, 창의력을 떨어뜨리므로 결국 학생들을 죽이는 것이다.

이러한 상황을 극복하기 위해 미국의 심리학자이며 정신과 의사인 윌리엄 글라서 박사의 '선택이론과 현실요법'을 공부하게 되었다. 이 이론은 오늘의 획일적인 교육 현장을 새롭게 바꾸고 강제 교육에 억눌린 학생들의 개성과 소질을 존중하며 자기 스스로를 통제할 수 있도록 돕는 이론이다.

우리는 매달 정기적으로 모여 이 이론을 공부했다. 이 이론은 절대적인 원칙을 가지고 끊임없는 인내와 기다림으로 사랑의 실천과 변화를 추구하기에 교사뿐만이 아니라 학생들과 학부모들도 함께하지 않으면 안 된다는 결론을 얻었다.

윌리엄 글라서 박사는 인간은 기본적인 다섯 가지 욕구, 즉 사랑받고 소속되고 싶은 욕구, 성취하고 중요한 사람이 되고 싶은 욕구, 자유롭게 선택하고 싶은 욕구, 즐겁게 배우고 싶은 욕구, 건강하게 살고 싶은 욕구를 가지고 태어나며 이러한 욕구를 채우기 위해 자신들이 경험한 세계 안에서 행동을 이끌어낸다고 한다.

올바른 행동을 선택하기 위해 '우리는 무엇을 원하고 있는지', '원하는 것을 얻으려고 지금 어떤 노력을 하고 있는지', '지금과 같은 행동들은 그 바람을 충족하는데 도움이 되는지', '더 잘하려면, 아니 무엇인가 다른 방법이 있다면 어떤 행동을 해 보고 싶은지', '원하는 것을 이루기 위해 앞으로 어떤 계획을 세워야 하는지' 등에 대한 답을 찾으려고 '현실요법Reality Therapy'을 적용하게 된 것이다.

현실요법은, 문제를 해결하기 위해 노력하는 게 아니라 지금 자신이 몸담고 있는 이 자리에서 인간 존중을 통해 현실적으로 문제를 자연스럽게 해결하고 자기를 주도적으로 열어 가도록 도와주는 역할을 하게 되었다.

이러한 상담을 위해서는 먼저 학생들에게 끊임없이 사랑으로 다가가려는 교사들의 자세가 필요하다. 또한 부모들을 위한 교육도 병행하고 있는데, 교육은 가정이 기초가 되어야 하기 때문이다.

그래서 부모들을 위한 교육 프로그램으로 한 달에 한 번씩 'P.E.T.Parent Effectiveness Training, 부모역할훈련'를 실시하고 있다. 이를 통해 부모들은 자녀들의 문제 행동이나 자녀와 부모 사이에서 발생하는 다양한 갈등 상황을 해결하는 방법을 습득하고, 상호 신뢰의 관계로 발전시켜 다른 가족들에게도 이어지도록 하고 있다.

학생들에게는 심리 검사를 통해 자기 자신을 정확하게 알게 함으로써 마음의 문을 열 수 있도록 해준다. 예를 들어 성격 검사, 적성 검사, 직업 흥미 검사, 학습 흥미 검사, 지능 검사가 그것이다. 그리고 청소년들을 위한 성장 훈련을 꼭 실시한다. 이 훈련은 청소년들이 자신의 욕구를 탐색하고 자기 행동을 평가하며 새로운 행동을 선택하고 자신이 선택한 행동에 책임지도록 해준다.

지금까지는 학생이 공부에 대한 취미를 잃고 학교나 집에서 말썽을 일으키는 이유가 학생 본인만의 문제라고 단정했다. 그러나 이 교육이론은 그 원인이 부모나 교사에게도 있음을 시사해 준다. 지금까지 나는 좋은 학교는 교육 시설이 좋고 우수한 학생들이 많이 있는 학교라고 생각해 왔다.

하지만 이 교육 이론을 통해 좋은 부모와 좋은 교사들이 많이 있는 곳이 좋은 학교Quality School라는 사실을 알게 되었다. 대안학교인 양업良業을 통해 좋은 학교, 좋은 세상을 만들기로 다짐해 본다.

꽃동네 사랑의 연수원

입학식은 했지만, 공사가 덜 끝나 학교가 어수선했으므로 당분간 꽃동네 연수원에서 아이들과 지내기로 했다. 몇 주 전부터 수사님들이 꽃동네에 방을 꾸미고 교육 프로그램을 점검했다.

부모들도 지치고 아이들도 스스로 포기한 상태에서 뚜렷한 목적도 없이 이곳에 온 터라 아이들은 '나는 이런 놈이다' 뽐내기라도 하는 듯, 한 곳에 붙어 있지 않았다. 개개인을 보면 참 좋은 아이들이었지만, 모아 놓으면 모래알처럼 버석거렸다. 그런 아이들을 지켜보며 선생님들 역시 고심을 하며 지낼 수밖에 없었다.

꽃동네가 흔들릴 것이라는 예감이 들었다. 예상은 여지없이 맞아떨어졌고 꽃동네 연수원에서 시작한 우리의 셋방살이는 학생들의 정체를 그대로 세상에 노출시켰다. 입학식 때의 단정하던 모습은 온데간데없었다. 밤새 샛노랗게 염색한 머리며, 날씨가 추운데도 반바지를 입은 채 서성이다 소파에 누워 잠자는 아이들의 모습은 우리 마음을 산란하게 했다.

채널을 정확히 맞추어야 좋은 소리를 들을 수 있는데 이런 청소년들을 대하는 방법에는 거의 문외한이어서 그들의 소음이 더 시끄럽게 들렸고 견디기 어려웠다. 우리에게는 소리가 직직거릴 때 여유를 갖고 채널을 조정할 능력도 없었고, 그들의 내면 풍경은 낯설기만 했다.

아이들의 생활 주파수는 우리와 너무 달랐다. 야행성인 아이들은 오랫동안 사귀었던 사이처럼 남녀가 둘씩 짝을 이루어 이야기를 나누다가 동이 틀 무렵에야 잠을 청하곤 했다. 일찍 자리에 들어야 다음날 수업에 차질이 없을 텐데, 밤 10시에 모든 프로그램이 종료된 뒤 방으로 돌려보내면 아이들의 생활은 그때부터 시작되었다.

처음부터 난관에 부딪힌 것이다. 학생과 교사가 함께 모여 생활 규칙을 정해 보기도 했지만 소용없었다. 지금까지 가정에서, 학교에서 일방적으로 당하기만 한 아이들이라 여기서 기를 쓰고 반항하는 것을 당해 낼 방도가 없었다.

가장 시급한 문제는 자기 통제력이 없는 아이들을 제시간에 재우고 제시간에 깨우는 일이었다. 그런데 아침에 수녀님이 깨우면 심한 욕지거리를 해대기 일쑤였다. 수녀님들은 너무 놀라 당황스러워했고, 아이들이 내뱉은 말이 진심인지 아닌지 알 수 없으니 가슴이 내려앉는 것 같다고 했다.

개성이 강해서 함께 아무 것도 할 줄 모르는 아이들. 집중이

안 되고 잠시도 가만히 있지 못해 조급해하는 아이들. 귀담아 들을 줄 모르는 아이들에게 무엇인가를 하려고 하니 그런 프로그램에 짜증을 내는 것도 무리는 아니었다.

'너희들이 우리를 사랑한다고? 웃기고 있네!' 하며 교사들을 시험하는 것 같았다. 우리를 '위선자들'이라고 하면서, 이해하지도 못하면서 이해하는 척 한다고 화를 냈다. 척하는 것은 분명 아닌데 말이다. 선생님들 얼굴에 피곤함이 겹겹이 쌓이기 시작했다.

나는 왜 이 학교에 왔는가

오늘은 'Y.Q.M.T.Youth Quality Management Treatment, 청소년 성장 프로그램'가 있는 날이다. 서울에서 신부님과 봉사자들이 왔다. 총 16시간으로 짜인 이 작업은 2명의 전문 강사와 10명 내외의 청소년들이 그룹을 이루어 진행하는 프로그램이다.

첫 번째 과제는 목표 설정이다. 이를 위해 강사는 학생들에게 '나는 왜 이 학교에 왔는가?'라는 질문을 했다. 이어서 자신의 바람과 지금 하고 있는 자신의 행동에 대한 평가와 앞으로의 계획을 세워 보는 작업을 시도하려고 했다.

하지만 학생들은 처음부터 이 프로그램이 마음에 들지 않았는지 강사진들과 신경전을 벌였다. 우리가 유치원생이냐, 이런 것들을 왜 하느냐며 프로그램에 참여하지 않았다. 딴전을 부리는 아이들에게서는 진척의 실마리가 전혀 보이지 않았다.

여학생들은 복도에 둘러앉아 속닥거리더니 수녀 선생님에게 쪼르르 달려와서 마치 타이르듯이, '우리를 이해하는 척하지 말고 나가서 다른 볼일이나 보라'는 식으로 말했다. 그리고 자신들은 수직적인 관계에 있는 교사나 학부모가 아니라 자기들을 잘 이해해 주는 또래를 원한다고 하면서 나가버렸다.

상황이 이러니 어느 것 하나 제대로 진행되지 않았다. 지도 강사들은 이런 학생들은 처음이라면서 일정을 포기하고 서울로 돌아갔다. 아이들은 이런 작업을 통해서는 자신들의 내면을 쉽게 드러내지 않겠다고 다짐이라도 한 것일까?

다음 프로그램은 '봉사활동'이었다. 타인을 배려하는 마음이 부족한 아이들이 봉사활동을 통해 달라지기를 바라며 마련한 프로그램이었다. 하지만 꽃동네의 각 시설로 파견된 아이들은 끝내 견디지 못하고 몇 명만 남긴 채 튕겨져 나가버렸다.

그런 줄도 모르고 선생님들은 아이들이 봉사활동을 잘하고 있으려니 생각하며 안도의 숨을 쉬었다. 그리고는 잠시 휴식의 시간을 이용해 학생들이 머물고 있는 기숙사 방문을 열어보았는데 순간 교사들의 한숨 소리가 복도로 쏟아져 나왔다. 뚫어져 있는 천장, 사라진 방충망, 쓰레기통과 함께 까맣게 타들어간 방바닥……

말끔했던 방은 혼탁한 담배 냄새와 쓰레기로 뒤범벅이 되어 있었다. 제대로 남아 있는 기물이 거의 없었다. 황당하다기보다 섬뜩하고 두려웠다. 그들을 이해하고자 하는 마음보다 비난의 소리가 먼저 쏟아져 나왔다. '그러니까 이 학교에 왔지.' 고백하건대 이런 비난을 내 안에서 지워 버리기까지 3년이라는 시간이 걸렸다.

봉사도 아무나 할 수 있는 것이 아니다. 먼저 자신이 받은 것을 기뻐하며 조금이라도 나눌 줄 아는 마음을 가져야 할 수 있는 것 아닌가. 봉사활동을 시킨 것이 잘못이 아니었나 싶어서 마음이 편치 않았다. 무엇을 어디서부터 시작해야 할지, 새로운 가치관을 어떤 방법으로 심어 주어야 좋을지, 좋은 것을 선택할 수 있는 분별력이 언제쯤 생길까 하는 걱정들이 앞을 가렸다.

꽃동네에서 며칠을 보내는 동안 아이들에 관해 많은 것을 알게 되었다. 선생님들은 그곳 사람들에게 죄인이 되어 버렸고, 꿈도 희망도 산산이 부서져 내리는 것 같았다.

저녁 시간, 학생들이 갑자기 부산하게 움직이더니 소독약과 지혈제를 찾았다. 수녀 선생님은 다친 아이가 가엾다고 상처를 호호 불며 약을 발라 주었다. 훗날 알게 된 일이지만, 파트너를 정하고 맹세의 표시로 담뱃불로 팔을 지지고 칼로 자해한 후, 우르르 달려온 것이란다.

아이들의 이런 행동은 입에서 입으로 퍼져 온 청주 시내를 돌아 다시 우리에게로 돌아왔다. 아이들의 잘못이라고 해야 하나, 그들을 그렇게 방치한 부모에게 책임을 물어야 하나. 부모들도 입학 전에는 머리를 조아리며 병든 생명을 맡아 달라고 부탁하더니, 집으로 돌아간 뒤로는 감감무소식이었다.

시험대에 오른 수녀님

4월 셋째 날 처음으로 교과수업을 했다. 선생님들은 열심히 교과목을 소개하고 평가와 출석 등에 관해 이야기 하는데 학생들은 이를 무시한 채 머리를 책상 위에 올려놓고 이내 곯아 떨어졌다. 춘향이 머릿속에 변 사또가 없듯이 아이들의 머릿속엔 책과 노트가 없는데 교사들은 그런 아이들을 억지로 교실에 들여놓고 책을 펴라고 요구하고 있었다.

아이들의 눈동자가 낮에는 초점이 없어 보이지만, 밤에는 별처럼 빛났다. 일찍 자고 일찍 일어나야 한다는 선생님들의 당부는 한 쪽 귀로 흘려버리고 코웃음만 쳤다.

남학생들은 그런대로 운동장에서 축구도 하고 땀을 흘리며 답답함을 발산했다. 그런데 여학생들은 아무것도 하지 않은 채 줄담배만 피우다가 팽팽히 눈싸움을 벌였다. 그러다가 밤이 되면 화장을 하기 시작했다. 화려한 옷으로 갈아입고 복도에서 패션쇼라도 하듯 뽐내며 서성거렸다.

어디서 구해 오는지 남학생들은 몇 명씩 모여 술을 마시는가 하면, 싸움을 벌였다. 벌써 패거리가 생겨나기 시작했다. 일명 '짱'에게 찰싹 달라붙어 다니던 녀석이 조직의 힘을 믿고 저와는 상대도 안 될 정도로 덩치 큰 아이의 옆구리를 걷어찼다. 그 자리에서 쓰러져 나뒹굴던 큰 덩치는 갈비뼈가 부러졌다는 진단을 받았다.

한두 명씩 환자가 발생하더니 병원 출입이 잦아졌다. 담배를 계속 피워대던 한 여학생은 천식으로 호흡곤란 증세를 일으켜 중환자실에 입원을 하는 상황이 벌어졌다.

외출과 외박이 통제되니 아이들의 짜증이 심해지기 시작했다. 뚜껑이 열린다는 둥, 짜증이 난다는 둥 언어 표현이 거칠기 이를 데 없었다. 욕지거리를 듣고 있자니 마음이 좋을 리 없었다. 그러나 제멋대로 살던 아이들이 갑자기 공동체 생활을 하려니 나름대로 힘이 들 것이라며 나 자신을 위로했다.

어느 날 여학생들이 단체로 외출을 하고 싶으니 허락해 달라고 했다. 담임 수녀님과 동행하기로 하고 허락해주었다. 처음 간 곳은 노래방이었단다. 어찌나 담배를 피워대는지, 수녀님을 가운데 몰아넣고 얼마나 견디어내나 시험을 하는 것 같더란다.

노래방에서 나와 이번에는 당구장으로 뛰어 들어갔다. 아마 수녀님이 자기들을 어디까지 따라 올 수 있을지 궁금했나 보다. 시간이 얼마나 지났을까. 이번에는 아예 수녀님을 따돌리고 멀리 도망쳐 버릴 눈치였다. 수녀님은 아이들을 놓치지 않을 양으로 드라이브를 제안했고 수사 선생님 한 분에게 동행해 주기를 청했다.

차를 나누어 타고 간 곳은 꽃동네에서 30분 거리에 있는 장호원이었는데, 아이들은 화장품을 사오겠다는 핑계를 대더니 이내 사라졌다. 수녀님과 수사님이 이곳저곳을 한참 찾아 헤매다가 아이들을 발견한 곳은 한 호프집이었다.

그곳에서 술을 마시고 있는 아이들을 발견하고 화가 머리끝까지 치밀어 주인에게 어떻게 학생들에게 술을 팔 수 있느냐고 따졌더니, 주인이 오히려 화장을 한 저런 애들을 어떻게 학생으로 보느냐고 따지더란다.

한밤중에 꽃동네로 돌아오자 아이들은 반성의 기색 하나 없이 차에서 내리자마자 기숙사로 뛰어 들어가 버렸다. 그런 아이들의 모습에 허탈해진 수녀 선생님은 그 자리에 주저앉아 울고 말았다.

그렇게 교사들은 꽃동네에서 전쟁을 치르고 나서 다시 양업학교로 아이들과 함께 돌아왔다. 꽃동네 사랑의 연수원을 떠나올 때 그곳 가족들은 우리가 떠나는 것을 다행으로 여기며 안도의 숨을 쉬는 것 같았다. 아쉬운 작별의 마음은커녕 '양업학교 학생들은 다시는 오지 마세요.'라고 소리 없는 질타를 보내는 듯했다. 어느 누구도 그때의 상황을 이해할 수는 없을 것이다.

꽃동네에서 2주일을 보내고 학교로 돌아오던 날, 학생들은 방으로 들어가자마자 창문의 방범망을 뜯어 버렸다. 우리는 학생들을 보호하기 위해 설치한 것이었으나 아이들은 자기들을 감금하려는 것이냐, 우리가 죄인이냐며 목청을 돋웠다. 시각이 이렇게 다를 수도 있다니. 피해 의식에서 오는 생각의 차이가 엄청나게 크다는 것을 실감했다. 산뜻하던 건물 주변엔 담배꽁초가 수북이 쌓이고 기숙사는 무력증에 걸린 듯 깊은 잠의 나락으로 빠져들었다.

잔인한 달, 4월

  학교로 돌아온 것은 4월 둘째 주일이었다. 그런데 얼마 되지 않아 한 여학생이 다른 여학생들에게 집단으로 구타를 당했다. 그 후 그 아이는 학생들을 피해 다녔다. 한 남학생은 손뼈가 부러졌다. 다른 학생을 때리다가 다쳐놓고는 콘크리트 벽을 주먹으로 쳤다고 말했다.

  순진한 선생님들이 속사정을 알 리 없었다. 또 한 여학생은 무료함을 달래기 위해 오토바이를 몰래 타다가 넘어져 환도뼈를 다치고 입원했다. 남녀가 한 쌍이 되어 강가에서 소주와 맥주를 마시기도 했다.

  몇 명의 학생이 무단으로 나간 후, 소식이 없어서 집으로 연락했지만, 여전히 행방이 묘연했다. 어른인 나도 무작정 나가면 묵을 데가 없는데, 아이들이 며칠씩 먹고 잘 곳이 있다는 것이 신기했다. 도대체 누가 먹이고 재워 주는 걸까? 수업에 들어간 선생님들은 교실에서 혼자 서성이다 나와야 했다.

  감정 조절이 안 되면 아이들은 분풀이로 출입문을 걷어차

구멍을 내놓았다. 학생 네 명이 무단으로 학교를 나가 정동진이라며 전화를 걸어 왔다. 그래도 정동진에 간 녀석들은 전화라도 걸어주었으니, 제법 양심이 있는 편이었다.

한 명도 빠짐없이 한바탕 병원에 갔다 왔다. 몸이 아픈 것인지 마음이 아픈 것인지 아이들은 자기를 추스르지 못하고 마냥 세월을 축내고 있었다. 힘이 세다는 것을 과시하려는 것인지 관심을 끌려는 것인지 툭하면 자해를 하던 한 아이는 옥상에서 뛰어내리다 척추를 다쳐 병원으로 실려 갔다. 병원에서도 치료보다는 이곳저곳 기웃거리며 눈도장을 찍기 무섭게 영악스러운 행동으로 돈을 뜯어내어 빈축을 사는 아이도 있었다. 체면도 염치도 다 버린 것 같았다.

수업에 들어오는 아이들은 열 명 남짓, 학교에 남아 있는 아이들은 스무 명 내외. 밤낮의 시간 구분도 없이 잠에 취해 패잔병처럼 쓰러져 있는 학생들이 대부분이었다.

예순 명이 넘는 자원봉사자들의 불만이 커졌다. 수업을 위해 열심히 오지만 반응은 없고 진땀만 흘릴 때가 부지기수였기 때문이다. 여태 한 시간도 제대로 수업해 보지 못한 선생님이 교무실에 들어와 화를 냈다. 여기가 수용시설이 아니고 학교라면 강력하게 통제를 해서라도 사람을 만들어야 하지 않겠느냐며 따졌다.

인내하고 있던 우리도 감정을 억누르기가 힘들었다. 외부 통제를 하지 않겠다던 나는 아이들을 불러 놓고 그동안 쌓였던 감정을 폭발시켰다. 빈자리에 전학 오기를 청하는 학생들의 명단을 보여 주며 언성을 높였다.

"너희들 이렇게 아무것도 하지 않고 허송세월만 계속할 양이면 아예 이곳을 떠나 주면 좋겠다. 밖에서 일 년 동안 놀았으면 됐지, 이곳에 와서도 여전히 그대로냐."고 소리쳤다.

"야, 이 X새끼들아!" 하고 욕을 했더니,

"왜 우리가 X새끼들이냐, 우리는 사람이다."라며 학생들이 대들었다. 순간 아차! 하는 생각이 들었다. 어른들은 학생들을 야단치고 통제하면 사정이 달라질 거라고 생각하지만, 학생들의 반감만 키우는 결과를 낳게 된다는 사실을 알게 되었다.

목련꽃이 피어나는 모습에 심술이라도 부리듯 꽃샘추위가 닥치는 것처럼, 4월은 새봄의 아름다움을 가꿀 한 뼘만큼의 여유도 주지 않았다. 아, 누가 4월은 잔인한 달이라고 했던가? 1998년 4월은 정말 기억하고 싶지 않은 잔인한 달이었다.

부서진 화분

　사제관에서 학교로 출퇴근을 하고 있던 4월 말 어느 날이었다. 화창한 봄날이지만 피곤이 쌓인 탓일까, 그날 아침은 유난히 몸이 무거웠다.

　간밤에 무슨 일이 있었는지 걱정을 하며 교정을 들어서는 순간 온몸에 경련이 일었다. 그동안 정성들여 가꾸고 있던 화분들이 처참한 모습으로 여기저기 내동댕이쳐져 있는 것이 아닌가. 그것을 보는 순간, 마치 내가 학생들에게 된통 얻어맞아 나뒹굴고 있는 것처럼 참담한 심정이었다.

　고정관념 때문에 성인군자의 마음을 지니려고 노력을 하다가도 아이들의 못마땅한 행동을 보면 참지 못하고 자주 감정을 터트리곤 했다. 학생들의 아픈 마음과 상처를 속속들이 알 리 없는 나로서는 그들의 엉뚱하기만 한 행동들이 너무 거슬렸다.

　야행성인 학생들은 밤만 되면 줄기차게 움직이고 정한 시간에 소등을 해도 밤새도록 잠을 자지 않았다. 시간이 어느 정도

흘렀는데도 학교생활에 필요한 최소한의 규칙도 지키지 않았다. 선생님들은 학생들을 교실에서 만나지 못하고 있었고, 그것은 교장인 내가 맡고 있는 윤리 수업도 마찬가지였다. 단 한 명도 교실에 들어오지 않았다.

마음을 다스려 보지만, 그 한계가 폭발하는 순간이 있다. 화분이 깨지기 전날, 나는 감정을 다스리지 못하고 기숙사로 뛰어 들어갔다. 대낮인데도 커튼을 치고 한밤중인 것처럼 늘어지게 자고 있는 아이들을 보자 쌓였던 감정이 폭발해 아이들을 발로 걷어차기 시작했다.

"야, 이놈들아! 지금 뭣들 하고 있는 거야! 이 학교에 잠자려고 왔나?"

너무 화가 나서 소나기 퍼붓듯 거칠게 해댔다. 덩치가 있는 교장이어서 그런지 아이들은 아무 말 못하고 일어나 숨을 죽이고 고개를 푹 숙인 채 소처럼 눈을 끔벅이더니 어슬렁어슬렁 교실을 향해 움직였다.

한동안 퍼부은 비난의 화살이 그들의 마음에 꽂힌 것일까. 그날 밤, 교장에 대한 역모가 시작되고 있는 줄 나는 전혀 감지하지 못했다. 그러고 나서 이 참담한 아침을 맞이한 것이다.

아침 조회시간, 나는 화를 삭이지 못하고 교사들에게 지시했다. "당장 찾아내세요!" 어쩌면 교사들은 화가 나서 소리를 지르고 있는 내 모습이 더 못마땅했는지도 모르겠다.

얼마 후 이 일을 저지른 학생들이 불려왔다. 나는 마음과는 다르게 다짜고짜 자퇴서를 쓰도록 명했다. 그러나 학생들은 미동도 하지 않은 채 천천히 입을 열었다.

"별로 꽃동네 봉사활동을 6개월 갔다 오면 갔다 왔지, 학교를 떠날 수는 없습니다."

아이들이 욕이라도 퍼부으며 학교를 뛰쳐나가면 어쩌나 걱정하고 있었는데, 아이들의 반응이 나를 안심시켰다. 그래서 일단 문제는 접어두고 학생들을 돌려보냈다.

저녁 해가 질 무렵, 한 수녀님이 찾아와서,

"아이들이 왜 화분을 박살냈대요?" 하고 물었다.

'아차! 정작 중요한 것은 묻지 않았구나.' 침묵하고 있는 나에게 수녀님은,

"신부님 마음 상한 것만 중요했지, 아이들이 왜 그렇게 행동했는지는 염두에 두지 않으셨네요."라고 말하는 게 아닌가.

정말 그랬다. 나를 무시하듯 부숴버린 화분을 보고 내가 느낀 참담한 감정만 중요했지 아이들이 왜 그런 행동을 했는지는 헤아리지 않았던 것이다. 조용한 저녁시간에 다시 그 아이들을 만났다.

"왜 화분들을 부순 건지 얘기해 줄 수 있겠니?"

"어제 신부님이 우리를 심하게 비난하셨잖아요. 저희들은 이 학교가 좋은 학교인 줄 알고 왔습니다. 지금까지 집에서고 학교에서고 늘 당하기만 했습니다. 비난은 이제 넌덜머리가 납니다. 그래도 이 학교에서만은 저희들이 일어설 때까지 기

다려줄 줄 알았어요. 그런데 신부님이 저희들을 보는 눈은 늘 경직되어 있어서 무서웠어요. 그런 신부님의 마음을 바꾸기 위해서 그랬습니다."

언제쯤 아이들을 넉넉한 마음으로 바라볼 수 있게 될지 그 날 밤 내내 잠자리가 편치 않았다.

상처투성이인 아이들

초록이 짙어가는 5월, 나의 기도는 아이들 생각으로 가득하다. 이 땅의 병이 '빨리빨리 병'이라고 했는데, 나 역시 '빨리빨리 병'에 걸려 스스로를 괴롭히고 있었는지도 모르겠다. 안정된 학습 분위기를 만들고 싶어서 전문 강사진을 초빙해 왔지만, 아이들에게 과연 도움이 될지 자신이 없었다.

매일매일 아이들과 실랑이를 벌이느라 내 모습도 점점 어두워지고 있었다. 내일이 온다는 것이 두려웠다. 안과 밖으로 상처투성이인 이 아이들을 돕는 것이 우리 신앙인들과 교육자들이 해야 할 일이고 세상 속에서 필요한 일이긴 하지만, 24시간 내내 아이들과 함께 살아가야 한다는 것이 견디기 어려운 고통으로 다가올 때가 많았다.

'사랑해야지, 사랑해야지.' 하고 수도 없이 다짐해 보지만, 정신적인 면은 물론 체력의 한계까지 느끼는 선생님들의 마음이 점점 굳어져 가고 있었다.

"선생님들이 왜 저렇게 어두운 얼굴을 하고 있나요? 그래가지고 어떻게 아이들을 교육하겠어요?" 방문객들로부터 핀잔을 듣기도 했다.

　햇살이 유난히 따사로운 토요일 오후, 한 여학생이 찾아와 지금까지 유흥업소를 들락거리며 남모르게 겪어 온 아픔을 털어놓았다. 겉보기와는 달리 속으로 아파하며 자신의 존재 의미를 찾고자 하는 그 아이가 안쓰러웠다.
　부모님에게만 숨기면 다 되는 줄 아는 아이들, 교사를 신뢰하며 얘기한 아이들의 비밀을 어디까지 지켜 줘야 하는 건지……
　교육의 진정한 효과는 학생과 교사, 학부모가 하나가 되어 나갈 때 이루어진다는 생각으로 또 자녀들의 아픔을 치유해 줄 사람은 부모라는 생각으로, 부모 역할 훈련을 지속적으로 해 나가기로 했다. 이 교육을 통해 자녀들에게 무의식적으로 준 상처를 발견하고 자책의 울음을 터트리는 학부모들이 많았다. 학생들뿐만 아니라 부모들도 조금씩 달라지고 있었다.

사랑으로 다가가기

　평일에는 외출이 금지되어 있다. 개교할 당시 아이들이 자리를 잡게 되면, 서서히 외출을 허락해 주리라 잠정적으로 결정해놓은 부분이었다.

　그날은 한 여학생이 아침부터 수업을 포기한 채 평일 외출 금지에 대해 항의를 하고 있었다. 외출 사유가 분명하지 않은데도 막무가내로 허락을 요구했다. 부모님의 의지와 상관없이 늘 하고 싶은 대로 하며 지내던 아이들인지라 하루 종일 붙어 다니며 조르면 선생님들도 꺾일 줄 알았는가 보다.

　교사와 학생들이 함께 결정한 사항은 양보할 수 없다는 것을 납득시키는 데에 꼬박 하루가 걸렸다. 저녁이 되어서야 그 학생도 포기한 듯 물러갔으나, 자기의 욕구가 충족되지 않은 분풀이로 공중전화통을 바닥에 내동댕이쳐 박살을 냈다.

　설득당하지 않겠다는 의지로 끈질기게 투정 부리는 아이들에게 하루 종일 시달림을 당해 보지 않고는 그 고충을 이해하기 힘들다. 하지만 끝까지 포기하지 않고 아이들을 설득시키기 위해 노력해 준 선생님들이 눈물겹도록 고마울 따름이다.

아이들은 부모에게 반말을 하고 성질이란 성질을 다 부리는데, 부모들은 아이들에게 무슨 약점이라도 잡힌 것처럼 꼼짝없이 당하고만 있다. 그것이 '자식 이기는 부모 없다'는 말의 뜻인 걸까? 어쩌다 이 지경까지 이르게 되었는지…….

자신이 잘못하고 있는 줄 알면서도 제 뜻을 관철시키기 위해 부모에게 덤비는 아이들, 세상을 자기 좋을 대로 해석하며 쉽게 살아가려는 아이들, 세상의 왜곡된 가치에 이미 길들여진 그 아이들에게 학교라는 틀이 얼마나 갑갑하게 느껴질까. 그들은 틀이라는 것 자체를 거부했다.

시간이 흐를수록 아이들의 상대적이고 주관적인 행동들에 어안이 벙벙해졌다. 그동안 우리는 그 흔한 교육 이론에만 익숙했지 펄펄 뛰는 아이들을 끌어안는 방법을 전혀 체득하지 못하고 있었다. 오직 한 명 한 명에게 다가가 그들과 부딪치며 얻는, 낯설지만 귀한 체험만이 아이들을 변화시키는 유일한 힘이라는 것을 그 때는 알지 못했다.

대안학교, 말 그대로 모든 대안이 완벽하게 마련되어 있는 학교가 대안학교라면 얼마나 좋겠는가. 세상 사람들은 무슨 뾰족한 대안이라도 세워져 있는 것처럼 우리를 바라보았지만 사실 대안이란 학생들과 교사, 부모들이 한마음이 되어 계속 일구어 나가야 하는 것이 아니겠는가.

술과 담배로 위안을 삼으며 교실 밖에서 서성이는 아이들에게 아름다운 자연 환경과 특성화된 인성교육 프로그램만 있다고 되는 것이 아니었다. 부모는 부모의 자리에서, 교사는 교사의 자리에서 견고하고 객관적인 가치 기준으로 안내자, 협력자가 되어 학생들에게 끊임없는 사랑으로 다가설 때 비로소 아이들은 변화하기 시작한다. 그리고 무질서 속에 질서가 생겨나고, 아이들도 지루하고 답답하게만 보이던 규율이 진정한 자유를 보장하기 위한 장치라는 것을 알게 되리라.

미술치료

　학교에 많은 자원 봉사자들이 찾아왔고 덕분에 다양한 교육 프로그램이 아이들을 위해 마련되었다. 그 중 하나인 미술치료 시간에는 모처럼 교실에 활기가 찾아들었다. 모두 수업에 참여한 것이다.

　커다란 그림 종이를 벽에 붙여 놓고 한 학생이 벽에 붙어 서 있는 다른 친구의 모습을 선으로 표시해 주면, 그 선이 표시된 당사자는 그 선 안에 자기 모습을 그려 넣는 것이었다. 그날 나는 우리 학생들의 뛰어난 예술성에 깜짝 놀랐다. 자기를 표현하는데 군더더기가 없이 정확했다.

　가끔 여러 색깔을 사용해 조화롭게 그림을 그리는 아이도 있었지만, 대부분의 경우 자신을 원색으로 나타냈고, 남학생들 대부분은 식별이 가능할 정도로 남성의 심벌을 그려 놓았다. 그림을 보면서 학생들의 기본적인 욕구가 무엇인지 대략 짐작이 갔다.

　그 중 자기 표현력이 몹시 뛰어난 한 여학생의 작품이 눈에 띄었다. 그 학생은 자기를 정확히 표현하며 논리적인 학생이었다. 부모도 딸에 대한 사랑과 관심이 깊은 분들이라 아이가 아직 자리를 잡지 못한 채 서성이고 있으니 걱정이 컸다.

그 학생과 이야기를 나누었다. 맞벌이하는 부모님 밑에서 혼자 지내야 했던 어린 시절이 무척 힘들었던 모양이다. 학생은 자기를 지켜 주지 못한 어른들에 대한 불신으로 마음의 문을 닫고 있으며, 자신의 존재를 인정하고 싶어 하지 않는다는 것을 느낄 수 있었다. 가끔 습관성 약물을 흡입하는 것을 보면 혼자 감당할 수 없는 말 못할 고민이 있는 것 같았다.

그 여학생이 그린 그림은, 자신을 백지 위에 예쁘게 그린 후, 부대자루 속에 넣고 그 위를 꼭꼭 묶어놓은 것이었다. 자루 밖으로 한쪽 팔이 나와 있고 손등에 그린 하트가 빛을 발하고 있어서 인상적이었다. 갇혀 있어서 답답하다는 것을 알리고, 새로운 시도가 자기 안에서 서서히 진행되고 있다는 희망을 보여주는 것 같았다.

학생들의 그림을 하나하나 살펴보면서 선생님은 한숨을 크게 내쉬었다.

"신부님, 이 아이들 상처를 어떻게 치유하시렵니까? 걱정입니다. 아이들이 선택하는 색깔이 원색적이고 그림이 전체적으로 어둡습니다. 숨은 그림 찾기를 하듯이 성기를 그려 놓은 것은 성적 욕구가 크다는 것을 말해 줍니다."

그리고 아까 그 여학생의 그림 앞에 다시 머물며 이런 얘기를 들려주었다.

"이 학생이 부대자루 속에 들어 있는 것을 보면 아직 자기 안에 갇혀서 밖으로 나오기가 힘든 상태인 것 같습니다. 그렇지만 이 학교에 입학해 미래에 대한 희망을 표현한 것을 보면, 훌륭하고 곧은 아이로 성장할 것 같습니다. 사랑으로 잘 지도하면 말입니다."

주로 밝은 그림들을 보아 오던 선생님은 두드러지게 어두운 우리 아이들의 그림들을 보며 걱정스러운 표정을 감추지 못했다. 그림을 통해 아이들의 마음을 읽을 수 있는 계기가 마련되었으니, 쉽지는 않겠지만 사랑을 통해 상처의 치유자가 되어야겠다고 새로운 마음가짐으로 다짐을 또 했다. 다양한 프로그램들을 통해 아이들의 마음을 어루만져 준 자원봉사자들에게 감사의 마음을 전하고 싶다.

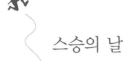

스승의 날

　오늘도 여느 날과 다름없는 마음으로 교실 문을 열었다. 그런데 아이들이 칠판에다 온갖 장식을 해놓고 들에 핀 예쁜 망초 꽃을 한 다발 안겨 주며 '스승의 노래'를 힘차게 불러 주는 것이 아닌가. 무엇보다 밝고 환한 아이들의 얼굴이 더욱 큰 선물로 다가왔다. 여기저기 아이들이 준 예쁜 마음의 선물을 받고 선생님들은 하루 종일 코끝이 찡한 모양이다. 나 역시 종일 이곳저곳에서 축하 전화와 격려의 글을 받았다.

　그 중에 한 일선 학교 선생님이 경험담이라며 얘기를 들려주었다.

　"신부님, 고생 좀 하세요! 그놈들 사람 구실 똑 소리 나게 할 겁니다. 공부 좀 한다고 교만 떠는 아이들보다 그 녀석들이 나중에 훨씬 더 바르게 자라 있을 겁니다. 두고 보세요!"

　내가 경험한 그 어떤 스승의 날보다 뜻깊고 행복한 날이었다. 5월이 주는 자연의 풋풋함 속에서 아이들이 변해 가고 있는 것일까. 아니면 그날만큼은 선생님들에게 잘해 주기로 합의를 본 것일까.

생일이다, 무슨 날이다 하여 이름이 있는 날은 학교가 흔들릴 정도로 의미를 부여하며 화끈한 축제 분위기가 된다. 자기들 생일이면, 한 판 뻑적지근하게 벌이는 아이들이니 오늘은 기숙사도, 교실도 활기차고 편안한 하루였다.

나는 순교하는 마음으로 일하자는 엄청난 주문을 선생님들에게 했었다. '스승인 우리들은 어떤 모습이어야 할까?' 다시 돌아보게 된다. 동료 선생님들과의 만남이 단순한 우연은 아니며, 함께 공동체를 이루며 산다는 그 자체가 축복이며 은총이라고 생각되었다.

그러나 이러한 삶 속에서도 자신의 약점을 여지없이 드러내며 갈등하곤 하여 안타까울 때가 있었다. 때로는 아이들과의 어려움보다 자존심이 상했다고 심통을 부리는 나 자신과 교사들이 더 어렵게 느껴졌던 적도 있었다.

아무리 보아도 나약하고 부족한 우리들이다. 그렇지만 학생들을 위해 우리 교사들은 하나가 된 마음으로 더 사랑하면서 밝은 미래를 열어 가야 할 것이다.

봄 체육대회

　봄볕 따스한 5월, 양업의 첫 번째 봄 체육대회가 열렸다. 무겁던 교실 분위기와는 다르게 아침부터 아이들이 활기에 넘쳤다. 입학 초기의 세력 다툼은 어느 정도 끝이 났나 보다. 들리는 말에 의하면 교사의 눈을 피해 오밤중에 옥상에서 한판 승부가 있었다고 한다.

　싸움을 잘하는 ㅎ이라는 학생이 있다. 고등학교에 입학하자 폭력 서클에서 다가왔고, 죄라면 운동을 잘하는 것 외에는 없는데, 싸움이 있을 때마다 선생님에게 주동자로 의심을 받았다고 한다. 평범한 학생으로 살아 보려는 그의 의지는 선입견을 가지고 대하는 교사의 폭언에 상처를 입고 산산이 부서졌던 모양이다.

　천주교 집안인 그는 가족들의 권유로 양업에 오게 되었는데 어떤 일이 있어도 다시는 주먹을 쓰지 않겠다고 다짐했다. ㅎ은 모든 생활이 모범적이었다. 선생님들은 학교에 어려운 일이 생기면 항상 그를 불렀고, 그의 역할이 그만큼 컸다.

그렇게 지내왔는데 한밤중에 한 패거리가 ㅎ을 옥상으로 불렀다고 한다.

"자식, 네가 마음을 잡았으면 얼마나 잡았다는 거야? 똑같은 놈인데 변하면 얼마나 변했다는 거지?"

의연하게 서 있는 그에게 주먹이 날아들어 왔지만, 그는 흔들리지 않고 그들에게 분명하게 답을 해주었다고 한다.

체육대회가 있던 날 아침, 모래알처럼 버석거리기만 하던 아이들이 삼삼오오 짝을 지어 정답게 이야기를 나누는 모습이 눈에 들어왔다. 축구, 피구, 달리기, 농구, 배구, 1000미터 달리기, 줄다리기 등, 아이들은 혼신의 힘을 다해 뛰고 달렸다.

나는 선생님들과 이어달리기를 했는데 육중한 체구가 어찌나 잘 뛰는지 땅이 울렸다나. 모두들 한바탕 웃었다. 화창한 5월의 봄날처럼 아이들의 마음도 따사롭게 변하고 있다는 것을 다함께 감지하고 있었다.

다시 세상 속으로 들어가 버린 아이

첫 여름방학을 앞두고 종업 미사가 있던 날, 나에게 건네준 한 여학생의 글이다.

'우리는 양업이란 배를 타고 어설프게 노를 저었습니다. 노를 젓다가 십여 명이 노를 버리고 도망쳐 버렸습니다. 나도 도망쳐 버릴까 망설였지만, 첫 번째 관문을 통과하며 마음을 새롭게 모았습니다. 어색하고 낯설기만 한 학교생활이었지만 흔들리지 않으려고 노력했습니다.

하지만 틀을 만나면 모든 게 불만투성이라 때로는 제 목소리만을 내세우기도 했습니다. 방종이라도 내가 즐거우면 선택했고, 선택한 행동이 잘못이란 것을 확인하게 되어도 책임을 회피해 버렸습니다. 귀찮고 하기 싫으면 다 때려치우곤 했던 생활, 그렇게 한 학기를 보냈습니다.

무던히도 참아 주시던 선생님들이 고맙습니다. 악몽 같던 밤이 지나고 새날이 오기를 바라시는 선생님들께 죄송한 마음

과 함께 깊은 감사를 드립니다. 저는 우리 학교에서 대학이라
는 그럴싸한 배지만을 달기 위해서가 아니라, 나 자신과 친구
들의 꿈을 위해 노를 젓겠습니다. 그리고 고마운 분들을 기억
하며 여름 방학을 보내고 싶습니다.

2학기에 더 큰 어려움과 맞닥뜨리게 된다 해도 이겨 낼 수
있을 거라 생각합니다. 울기도 많이 했던 1학기 생활은 추억
의 앨범 속에 간직해 두고 또 다른 빛깔의 내일을 위해 최선을
다하렵니다.'

그러나 내가 이 글을 다시 꺼내어 읽었을 때는 아이가 자기
를 바로 세우지 못하고 이미 세상 속으로 깊이 들어간 후였다.
일어나고 넘어지고를 수 없이 반복하다 그래도 일어나겠다고
이 학교에 찾아왔는데, 울고 또 울며 책을 옆에 끼고 교실에서
똑바로 앉아 보려고 했었는데, 바로 일어서기엔 상처가 너무
깊었던 것일까. 자기를 인정하고 사랑해 줄 사람은 본인밖에
없다는 사실을 감당하기에는 너무 연약하기만 했던 걸까.

곱게 간직한 앨범을 꺼내 보며 안타깝기만 하다. 수녀님이
품어주고 베풀어주신 사랑에도 아랑곳하지 않고 자신의 상처
를 스스로 비하하며, 어렵게 되찾은 꿈과 비전을 다시 세상 속
에 버리다니……. 몇 번이고 기다리고 또 찾아가 보았으나, 아
이를 다시 볼 수 없었다.

2부

고운 무늬 수를 놓으며

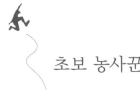

초보 농사꾼

아이들을 품어주겠다고 했지만, 정작 그분의 큰 뜻은 헤아리지 못하고 있는 건 아닌지 모르겠다. 초보 농사꾼이 농사를 짓겠다고 무작정 대들었다가 망신을 당하는 것과 마찬가지가 아닌가.

고구마를 재배하던 첫해, 고구마 줄기를 심어야 하는데 통고구마를 심는 바람에 정작 수확할 즈음에는 무성한 잎만 봤지 살진 고구마는 구경도 못 했다.

두 번째 해는 첫해의 실수를 만회하기 위해 잊지 않고 고구마 줄기를 심었지만, 뿌리 열매가 실하도록 실뿌리를 제거해주는 작업을 잊었다. 그해 농사는 어느 정도 결실을 보았으나 만족할 만큼은 아니었다. 연륜이 깊은 농부에게는 이러한 일들이 웃음거리이겠지만, 서툰 초보 농사꾼인 나에게는 아주 귀한 체험이었다.

우리 선생님들도 정말 열심히 땀을 흘리며 농사를 지었지만, 엄격히 따지자면 첫해 농사에서는 그리 좋은 결실을 보지 못했다. 큰 그림을 정하지 못한 채 작은 것에만 매달렸기 때문이다.

그런 일 년의 세월은 초보 농사꾼인 우리 교사들을 고통스럽게 했다. 한 해 동안 스무 명의 학생들이 훌쩍 떠난 자리는 허전하기 이를 데 없었다. 하지만 분명한 것은 그 속에서 교사들이 성숙한 농부의 모습으로 변하고 있었다는 사실이다.

한 학년에 마흔 명 정원. 그 아이들을 지도할 정식 교사 다섯 명과 사감 두 명이 24시간 학생들과 함께했다. 럭비공처럼 예측하기 어려운 방향으로 튀는 아이들 때문에 교사들은 날마다 모여 회의를 했지만, 별 뾰족한 대안을 찾지 못했다. 다만 끊임없이 기다려 주어야 한다는 것밖에는…….

학생들과 교사들의 주장이 서로 달라 우선 학교 규칙을 아이들과 함께 정하기로 했다. 하지만 저희들이 정하고도 어기는 경우가 많다 보니 다시 그 원칙들을 추스르는 것이 무척 어려웠다. 왜곡된 가치관을 올바른 가치관으로 바꾸어주고 양보할 수 없는 원칙은 확고하게 지키면서도 그 틀 안에서 자유로울 수 있게, 방종이 아닌 자율을 깨우쳐 나가게 하는 것이 쉽지 않았다.

상황을 더 어렵게 만드는 것은 내가 가진 고정관념이었다. 첫해에는 특히 심했다. 학생들을 비난하지 말아야지 하고 다짐하면서도 나도 모르게 외부 통제를 강요했다. 그러는 한편 교사들이 인자하고 자상한 아버지의 모습으로 자발적인 통제를 해주기를 바랐다. 이처럼 원칙이 왔다 갔다 하는 바람에 교사들도 혼선을 빚었다.

양보할 수 없는 원칙에 대해서는 그 누구에게도 단호해야 한다. 그런데 원칙도 없고 객관적인 기준도 없는 상태에서 무턱대고 학생들만 변하길 기다린 것이다.

이처럼 첫해에는 여러 가지로 혼선이 심했다. 늘 학생들 문제만 붙잡고 늘어져 왜 그랬는지 따져 묻기 바빴다. 언제나처럼 고정관념으로 아이들만 괴롭히고 있었던 셈이다. 큰 그림을 분명하게 그려놓고 방향을 잡은 다음, 그 안에서 객관적으로 사고를 할 수 있었더라면, 학생들도 훨씬 더 많이 변화되었을 것이다.

그 첫해에 함께했던 교사들을 잊을 수가 없다. 그들을 사랑하고 존경한다. '교장인 내가 먼저 교육에 대한 원칙이 세워져 있었어야 했는데……', 하는 반성과 아쉬움이 지금까지 남아 있다.

시간이 지나면서 교사들의 마음도 서로 흩어지게 되었고, 그로 인해 교사들 간에 대화가 단절되고 점점 웃음을 잃어 갔다. 학생을 대하는 어려움보다 교사들과의 관계가 더 어려웠던 적도 있었다.

외부 강사들은 우리 교사들이 환하게 웃을 힘조차 잃어버린 것은 아닌지 염려하며, 표정이 너무 어둡고 지쳐 보인다고 했다. 많이 지치고 아픔을 겪은 교사들은 여유를 잃고 한계 상황까지 도달하게 되자 대부분 떠나야 한다는 생각을 한 것 같다. 바로 그때가 새로운 도약을 위한 시간, 즉, 우리의 한계를 극복할 수 있는 시간이라는 것을 미처 생각하지 못했다.

교사들은 고통만 마음에 담고 떠났다. 붙잡고 싶었지만, 교사들의 마음이 이미 양업을 떠나있었다. 겨울 방학 때 결정된 일이었지만, 아이들에게는 이 사실을 학년이 끝나는 봄방학 때 알리기로 했다. 한 해 동안의 경험을 통해 더 나은 두 번째 농사를 짓고 싶다는 꿈이 접히는 순간이었다.

고통 속에 시작된 2학기

　학교 앞 냇가 흐르는 물줄기를 보며 수녀님은 무슨 생각에 잠겨 있는 걸까. 수녀님은 체구가 작지만 야무진 분이었는데, 얼마나 힘들었는지 얼굴에 노랑꽃이 다 피었다.

　며칠 전 정동진으로 말없이 달아났던 한 남학생이 수녀님을 찾았다. 학생의 축 늘어진 어깨가 힘이 없어 보였다. 그는 곧잘 수녀님을 도와주곤 하던 학생이었다. 흰 봉투를 내밀어 받고 보니, 친구들과 정동진으로 간 것에 대한 반성문이었다. 아이는 수녀님에게 용서를 청했다.

　"죄송합니다. 무단 외박한 것 용서해 주세요. 저희들 때문에 힘드시죠? 이제 새 학기가 시작되었으니 아이들도 많이 변해 있을 겁니다."

　수녀님을 한없이 힘들게 하고 울리기도 했지만, 그만큼 정이 넘치는 아이들이었다. 반성문에는, "제가 정동진에 간 것은 수녀님을 괴롭히는 반 아이들이 너무 싫어서입니다. 훌쩍 떠나 버리면 마음이 가벼워질 것 같았습니다."라고 씌어 있었다.

개학 후 얼마 지나지 않아 몇몇 여학생들에게서 이상한 징후가 보였다. 얼굴이 붓고 눈동자가 풀린 채 몸을 가누지 못하는가 하면, 양호실이나 교실에서 서성거리거나 바보 같은 질문을 던지곤 했다.

쓰레기통 주변에서 본드가 발견되었다. 비닐에 쏟아 부은 공업용 본드를 보니 습관성인 게 분명했다. 뻔한 거짓말, 가식적인 행동, 니코틴에 파묻혀 힘들어하는 모습, 자기가 미워서 자기를 잊어버리고 싶어서 본드를 흡입하고 우는 모습……. 이들을 어떻게 도와주어야 하나?

아이들이 스스로 정한 규칙도 아무 소용이 없다는 듯이 무단 외출이 잦아졌다. 교사들은 교사들대로 아이들의 말을 신뢰하지 못하는 상황이 되어 가고 있었다.

그런데 이렇게 엇갈린 시작으로 여전히 어렵게 지내는 학생들이 있는가 하면, 1학기 때보다 많이 달라진 학생들도 눈에 띄었다. 한 남학생의 글에서 그 기운을 느낄 수 있었다.

'지나온 한 학기를 돌아보면 너무나 후회스럽다. 다음 학기에는 수업에도 빠짐없이 들어가고 공부도 열심히 해 장학금을 받을 수 있도록 노력해야겠다. 새벽 운동도 열심히 할 것이며, 내 특기 적성을 찾아낼 것이다. 좀 더 멋있고 든든한 남자, 믿음직한 사람이 되겠다.'

고통으로 시작한 2학기이지만, 역시 그 속에서 희망을 발견하는 순간이었다.

선생님, 가지 마세요

선생님들이 떠난다는 소식을 들은 아이들은 밥도 먹지 않고 몇 날 며칠을 선생님 곁에서 울었다. 고난의 시간을 함께 지나오면서 어느새 학생과 교사들 사이에 보이지 않는 끈이 이어져 있었던 것이다.

새 학년이 되면서 아이들은 깜짝 놀랄 정도로 달라졌다. 마치 생명수를 빨아올린 나무처럼 푸르고 싱싱하게 변해 있었다. 떠난 교사들이 그 모습을 보았더라면 얼마나 좋아했을까.

나는 아이들을 통해 많은 것을 배웠고 또 배우고 있었다. 그들을 통해 나의 청소년 시절을 되돌아볼 수 있었고, 예수님의 삶을 제대로 바라볼 수 있었다. 그리고 고마운 은인들도 많이 만날 수 있었다.

학생들의 상처받은 마음 이면에 숨어 있는 아름다움과 순수함을 보았다. 아이들과 부대끼며 보낸 시간 안에서 자상한 아버지의 품성도 배웠다. 또 내 안에 탕자의 비유루가16장에 나오는 큰아들처럼 동생을 불만스럽게 바라보는 옹졸함이 있다는 것도 깨달았다. 얼마나 소중한 체험인지 모른다.

초보 농사꾼이라 많이 헤맸지만, 눈물겨운 선생님들의 사랑과 하느님의 도우심으로 일 년이 지난 뒤에 비로소 아이들의 모습이 엄청나게 달라져 있다는 것을 발견하게 되었다.

다시 마주하는 입학식

"축 입학, 여러분이 이 학교를 선택했듯이 우리도 여러분을 선택했습니다."

두 번째 입학식이 있었다. 마흔 명 정원 중에 서른네 명의 학생들이 모였다. 정원을 다 채우지 않은 것은 지원자가 없어서가 아니라, 학교 특성상 4월까지 추가로 선발할 예정이었기 때문이다.

이번에는 세 차례의 면접을 통해 학교를 선택할 의지가 분명한 학생들 중심으로 뽑았다. 학교가 알려지자 많은 지원자들이 몰려들었다. 정식 지원자만도 사백 명이 넘었으니 경쟁률이 10대 1인 셈이었다.

이번 입학생들은 어딘지 모르게 밝아 보였다. 그동안 방송과 각 언론 매체를 통해 대안학교가 많이 알려지게 된 덕분인지 지원 학생들의 숫자가 많아졌다. 그 중에는 일반 학교에 적응하지 못하는 조기 해외 유학생들도 여럿 있었다.

신입생 중에는 상당히 세련되고 개성이 강한 학생들이 많았다. 남학생들 중에는 가냘픈 몸매에 수줍게 웃으며 호랑이 무늬 머리띠를 하고 온 아이, 절벽 위에 소나무가 빽빽이 서 있는 것처럼 흑인 머리 모양으로 머리를 깎은 아이, 머리를 길게 길러 하나로 묶은 아이, 조각 같은 옆모습에 앞머리를 세련되게 기른 아이가 특히 눈에 띄었다. 이 외에도 귀걸이는 기본이고 혀걸이, 눈썹걸이까지 하고 나타난 아이들도 있었다.

이처럼 다양한 아이들을 어떻게 한 둥지 안에 품어 안을 것인지, 새로운 교사들과 또다시 고민해야 할 시기를 맞았다. 첫날은 교가 배우기, 레크리에이션, 촛불 예식 등으로 하루를 마감했다. 그런데 학생 몇 명이 밤을 지새우며 새벽을 맞더니, 다음날 어디론가 사라져 버렸다.

새로 오신 수녀님들이,

"서서히 본색을 드러내는 건가 봐요." 하고 말씀하신다. 아이들에 대해 이미 많은 것을 알고 있는 것 같았다.

다음날 1학년 학생들이 청소년 심성 개발 프로그램 시간을 가졌다. 교사들은 느낌이 좋다고 했다. 학생들이 열심히 참여해 준 덕분에 오히려 봉사자들이 얻은 것이 많다는 얘기도 빠뜨리지 않았다.

첫해 오리엔테이션 때의 악몽 같던 모습은 전혀 볼 수 없었다. 프로그램에 능동적으로 참여하는 아이들을 보면서 새로운 질서가 움트는 듯한 기운을 느꼈다. 그때 어디선가 귀에 익은 목소리가 왁자지껄 들렸다. 작년의 말썽꾸러기들이 선배가 되어 주인어른 행차하듯이 요란스레 몰려오고 있었다. 학교는 이내 시끌벅적 활기가 넘쳐났다.

"우리 방이 제일 깨끗해요."

아이들이 자기 방을 구경시켜 주며 자랑했다. ㅈ는 지금 열아홉 살로 중학교 2학년 때 캐나다로 유학을 떠나, 그곳에서 고등학교에 다니다가 한국에 돌아와 다시 이곳에서 1학년으로 입학했다. 어릴 때부터 했던 야구를 그만두면서 학교에 적응하지 못해 방황을 했다고 한다.

ㅁ에게 학교가 어떠냐고 물어보았더니 퉁명스럽게,

"지옥 같아요. 그래도 다른 데보다는 나아요."라며 속마음을 드러냈다.

양업고등학교가 '교육부 지정 자율 시범학교'로 지정되었다. 제도권 교육에 적응하지 못한다 해서 전부 '문제 학생'인 것은 아니다. 획일화된 입시 위주의 교육 풍토에서 남다른 개성과 창의력을 지닌 아이들이 스스로 대안을 찾아 과감히 제도권을 벗어난 경우도 있다.

첫해에 여러 가지 어려운 경험을 통해 얻은 게 있다면, 아이들을 하나 둘 잃어버리면서 우리 청소년들이 안고 있는 아픔의 유형을 알게 되었고 그들을 조금씩이나마 제대로 이해하기 시작했다는 것이다. 처음부터 쉬운 상태에서 시작했다면 계속해서 편한 길만 찾았을 것 같다. 아직 더 배울 것이 많지만,

이제 학교를 어떻게 꾸려 나가야 할지 조금은 알 것 같다.

뼈저린 교훈을 얻고 난 뒤 한 가지 원칙이 생겼다면, 아이들의 과거를 묻지 않고 아이들의 현재 모습만 보자는 것이다. 그래서 이번 입학생들은 학교에 들어오기까지 평균 세 번을 집으로 돌려보냈다. 이곳에 정말 오고 싶은지 다시 한 번 생각해 보라는 뜻이었다. 그런 다음 자기 의사로 다시 찾아온 학생들만 받아들였다.

선배가 된 2학년 학생들은 어느새 당당한 한 그루의 나무로 서 있게 되었고, 어떤 어려움이 있어도 이제는 함부로 자신을 내팽개치지 않으리라는 믿음을 갖게 되었다.

문제아는 없다. '양육하는 사람이 얼마나 사랑으로 품을 수 있는가' 하는 문제가 있을 뿐이다. 이제 세상을 아름답게 가꾸어 갈 우리 아이들, 꼴찌의 천재들이 이곳에서 '좋은 학교'를 이루며 살아갈 것이다.

그래서 입학하려고요

그 아이는 둘째 고모와 생활하고 있었다.

"전에는 엄마, 동생 그리고 저 이렇게 셋이서 서울에서 살았어요. 아빠는 외국에서 일을 하셔서 어릴 때부터 함께 있는 시간이 별로 없었거든요.

중학교 다닐 때 엄마가 교통사고로 세상을 떠나시는 바람에 하는 수 없이 동생과 함께 둘째 고모와 살게 되었습니다.

그러다가 아빠가 있는 곳으로 가게 되었는데 문화의 차이에서 빚어지는 갈등과 오해로 많이 힘들었습니다. 공부에도 별 관심이 없었던 저는 절대 입을 열지 않기로 마음먹었습니다. 하루하루가 무척 힘들었어요.

게다가 선생님들은 저를 문제아라고 했고 무슨 일이 생기면 저를 지목하고 의심했습니다. 동양인이라고 무시하는 선생님도 있었고요. 그래서 눈만 뜨면 서양 놈들을 욕하고 다녔어요. 하지만 그것도 지겨워져서 귀국을 서두르게 되었습니다.

귀국 후 고등학교에 입학을 했는데 거기도 며칠 다니다 그만두었습니다. 선생님들은 학생들을 한 대라도 더 때리려고 트집을 잡는 것 같았어요. 낯설게 느껴지는 학교와 아이들이 두렵고 싫어서 무단결석을 자주 했습니다. 멀리 계시던 아빠는 고모와 상의해 저를 학교에 보내려고 애썼지만, 저는 죽어도 학교에 가지 않겠다고 고집을 부렸습니다.

저 때문에 고모와 아빠가 속을 무척 끓이셨을 거라고 생각하지만 어쩔 수 없었어요. 한편으로는 억울하고 화가 치밀었습니다. 내가 학교에 가지 않겠다는데 다들 왜 그러는지 정말.

그러다가 이번에는 아빠와 고모가 이 학교에 저를 입학시키고 싶어서 온갖 노력을 다 하셨습니다. 그렇지만 아빠도 지치셨는지 이 학교에 오는 것도 싫다면 너 원하는 대로 놀아도 된다고 말씀하셨어요.

저는 이곳에 오기 전에는 '이 학교도 절대 다니지 않을 거야, 내가 하고 싶은 대로 해야지.'라고 생각했는데 면접을 보느라 이곳에 여러 번 오면서 제 굳었던 마음이 서서히 풀리는 걸 느꼈습니다. 나도 모르게 웃음이 나왔어요. 정말 오랜만이었어요. 이곳은 학교라기보다는 가족 같고 학생들도 밝고 좋아 보였습니다.

입학하기 얼마 전에 학교를 둘러보고 있었는데 어떤 형이 제게 '안녕!' 하면서 말을 건네 왔습니다. 처음엔 당황했지만, 저도 '안녕하세요?' 인사를 하니 그 형은 웃으며 '신입생이니?'라고 물어왔습니다.

그 형의 인상이 제 마음속에 아주 강하게 남아 있습니다. 처음 본 제게 웃음으로 인사를 건넬 수 있는 선배가 있는 학교라면, 저도 한번 다녀보고 싶다는 생각이 들었거든요. 그래서 여기서 정말로 열심히 살아보고 싶습니다."

고운 무늬 수를 놓으며

들로 산으로 고향 산천 구석구석을 헤집고 다녔던 어린 시절, 땀 훔쳐가며 논밭에서 김도 매고 농사일도 돕고, 여름이면 여울목에서 붕어, 송사리, 피라미를 잡았다. 콩밭 사이에서 수줍게 자란 열무를 뽑아다가 보리밥에 넣어 쓱쓱 비벼먹기도 하고 얼굴이 온통 까매지는 줄도 모르고 밀 이삭을 구워먹기도 했다.

먼지가 뽀얗게 피어오르는 신작로를 따라 높이 자란 포플러나무만큼 큰 꿈을 키워가던 학창시절은 즐거웠다. 학교 밖의 자연체험은 마음에 고운 수를 놓아주었다. 이 모두가 생명을 키우는 데 밑그림이 된 무늬라는 생각이 든다. 지금도 어린 시절을 떠올리면서 그 풍요로움에 웃음을 짓곤 한다. 그렇다면 요즘 청소년들은 어떤 무늬의 수를 놓으며 살아가는 걸까?

자본주의 무한경쟁시대에 교실 수업과 실용 수업으로 파김치가 되어가는 청소년들을 보면, 사는 게 아니라 죽음으로 치닫는 것 같다. 그것이 잘 사는 것인 줄 알지만, 의미 없이 죽어가고 있는 것이다. 그 속에서 만나 서로의 생명에 참된 도움을 주고받을 수 있는 친밀한 관계가 이루어지기를 어떻게 기대하겠는가. 인간존중과 생명의 소중함을 잃어버린 이러한 쭉정이 교육에 시간을 더 이상 낭비해서는 안 될 것이다.

양업은 교사와 학생들이 서로 마음을 열고 가까이 다가가 아름다운 무늬를 함께 만들어 간다. 매년 새롭게 시작하며 서로의 마음에 새로운 무늬를 그려가기로 했다.

우리는 입학식이 끝난 후, 1박2일 일정으로 재학생과 신입생, 그리고 앞으로 24시간 같이 지내게 될 기숙사 담당 선생님들이 함께 테마 여행을 떠난다. 이 여행은 따사로움을 심어주는 계기가 된다.

테마 여행은 '홈 공동체, 부딪힘으로 하나 되기'로 정하고 4개조로 나누었다. 1조는 서울에 가서 방송국, 대학로 소극장, 남대문 시장, 가락동 농수산물 시장 등을 돌아보며 연예, 문화 탐방, 사람들 사는 모습을 살펴보기로 하였다. 2조는 '너를 보여줘!'라는 주제로 제천 청풍의 수려한 금수산 자락을 돌아보기로 했다. 3조는 '유익하게 놀자!'를 주제로 만리포에, 4조는 '자연 속에서 우리 모두를 열어 보자'라는 주제를 가지고 속초로 떠났다.

남녀 학생이 함께 떠난 3조는 밝은 세상에 대한 이야기를 많이 나눈 듯 한결 훈훈해 보였다. 4조에서 시행한 N.I.E.

Newspaper In Education, 신문을 교재로 활용해 지적 성장을 도모하고 학습 효과를 높이기 위한 교육 작업을 통해 우리는 아이들의 순수하고 독특한 개성을 읽을 수 있었다.

여행을 통해 마음속에 담아온 빛깔과 무늬는, 시간이 지나면서 더욱 아름다운 추억으로 빛나게 될 것이며 상상력과 창의성에 날개를 달아주게 될 것이다. 여행을 마치고 모두들 생기가 넘쳐 돌아왔다. 그리고 아주 오래 사귄 친구들처럼 친밀해져 있었다.

우리는 생생한 체험을 통해 아름다운 무늬를 새기며 행복하게 살아갈 것이다. 생명의 회복은 진정한 만남과 관계를 통해 이루어지며, 모든 변화를 가능하게 한다는 귀한 깨달음을 얻게 되는 시간이었다.

술을 선택한 학생

　매일 술을 마시는 아이가 있었다. 기숙사에서 공동생활을 하는 다른 학생들이 그 아이를 좋아할 리 없었다. 여러 번 상담을 했지만, 왜 술을 마시는지 교사들도 아이들도 알지 못했다. 그 일에 관해서는 입을 열지 않았기 때문이다.

　술을 선택하면 안 된다고 타일러도 보고, 계속 술을 마시면 이곳에 있을 수 없다는 경고도 해 보았다. 그러나 그 아이는 달라지지 않았다. 얼마나 술을 마신건지, 배를 움켜쥐고 고통을 호소해 병원에 실려 가기도 했다. 더는 학교에 둘 수 없다고 다들 입을 모았다.

　중독일까? 만취되어 들어와 자기 집 안방처럼 잠을 청하는 그 아이에게 해줄 수 있는 것이 아무것도 없었다. 당사자만 고통스러운 것이 아니라 주변 사람들도 괴로웠다.

　가을 어느 날 그 학생 앞으로 편지 한 통이 날아왔다. 아이는 편지를 건네받자마자 뜯지도 않은 채 찢어 쓰레기통에 버렸다. 누구한테 온 편지인지 읽어봐도 되겠느냐고 물었더니 마음대로 하라면서 나가버렸다.

퍼즐 놀이를 하듯 찢어진 편지 조각을 맞추었더니, 아버지가 보낸 편지였다. 아버지와 무슨 원수라도 진 것일까? '사랑하는 아들에게'로 시작된 그 편지 덕분에 그 아이가 술을 마시게 된 이유와 성장 과정을 알게 되었다.

"너는 우리 가문의 맏이로 태어나 공부도 잘하고 말도 잘 들어 모두 기대가 컸다. 그러던 네가 초등학교 시절에 가져온 성적표를 보고 내가 크게 실망했고, 너를 야단치다가 머리가 책상 모서리에 부딪치게 되는 바람에 큰 상처를 주게 되었지. 그리고 상처 부위에 머리카락이 나지 않아 네가 친구들의 놀림감이 되었다는 걸 나도 알고 있다.

그 후로 너는 모든 일에 의욕이 없어 보였는데, 그런 너를 나는 내 뜻대로 움직여 주지 않는다고 심하게 윽박지르고 야단만 쳤지. 너는 그런 아버지가 싫다며 중학교 때 무단가출을 했고, 나는 여전히 너를 야단치는 것으로 세월을 보냈구나.

지금 담임 선생님이 네가 술을 많이 먹는 이유와 네가 위장병으로 고생하고 있다는 것을 알고 계시는지 모르겠구나. 아프면 곧바로 집에 연락을 하거라. 이 모두가 부덕한 아버지 탓이니 용서해다오."

그동안 아버지는 아버지대로 아들은 아들대로 얼마나 마음고생이 심했을지 알 수 있었다. 아버지의 참회는 계속 편지로 이어졌지만, 여전히 아들은 편지를 받기 무섭게 쓰레기통에

버려버렸다.

얼마나 아버지가 미우면 그렇게 할까. 술을 마시고 역겨운 술 냄새를 풍기는 행동으로 동료들과 교사들에게 미움을 샀지만, 그의 행동에 대한 내면의 이유를 알게 되자 더 이상 미워할 수 없게 되었다.

그동안 그 아이를 제대로 이해한 사람이 없었으니 따뜻하게 대해 준 사람도 없었을 것이다. 나와 모든 교사들은 그에 대해 측은지심이 생겨났다. 그 아이를 이해하기 시작하며 아이를 대하는 태도도 바뀌게 되었다. 그러는 사이 그 아이도 술을 조금씩 덜 마시게 되었다. 만약 우리가 사정도 모르는 채 술 먹는 행위만을 탓하고 윽박질렀더라면 학생 스스로 올바른 선택을 하지 못했을 것이다.

누구나 마찬가지겠지만, 아이들은 자기를 사랑해 주는 가장 가까운 이로부터 배척을 당하고 소외되면, 세상을 향해 문을 닫아버리게 된다. 그동안 진행된 상처의 깊이는 그 세월보다 더 많은 시간이 지나고, 더 많은 사랑을 받아야 치유될 수 있을 것이다.

그의 귀향은 언제쯤 이루어질까? 아버지의 끝없는 사랑이 언젠가 그를 돌아오게 해주기를 믿고 바랄 뿐이다.

대화

땅거미가 드리우고 강가에 시원한 바람이 스치는 저녁이었
다. 둔치에 남녀 학생이 나란히 앉아 있는 모습이 좋게 느껴져
야 하는데, 마음이 편치 않다. 그동안 많은 학생들이 둘씩 짝
지어 학교를 떠났기 때문이었다.

"누구냐?"

"ㅈ이예요."

"그 옆엔?"

"ㅎ입니다."

교장실에서 다시 만난 ㅎ의 얼굴은 잔뜩 구겨져 있었다. 자
리에 앉자마자 나는 ㅎ에게 말했다.

"일대일 이성 교제는 절대 안 돼!"

직언이 익숙한 터라 해야 할 말을 곧바로 내뱉어 버렸다.
ㅎ은 그 말이 마음속에 못이 되어 박혔는지 미간을 찌푸리며
신경질적으로 말을 받았다.

"교장들은 다 답답한 사람들인데 신부님은 교장에다가 신부

님이라서 더 답답하고 막혀 있습니다. 우리를 이해하는 구석도 없고요. 저희는 하루하루가 너무 답답합니다. 더구나 요즘은 제 이야기를 들어 줄 사람도 없어요. 그래서 저를 이해하는 여자 친구와 속 이야기를 나누고 있었는데 이상하게 보시지 않았으면 합니다.

신부님, 처음엔 모두들 이 학교가 좋아서 왔는데 벌써 학교가 싫어진다는 아이들이 얼마나 많은 줄 아세요? 그렇지만 저는 제가 스스로 선택했기에 다른 아이들처럼 학교를 그만두지는 않을 겁니다. 중학생 때 저는 담임의 완고함도 고쳤습니다. 교장 선생님의 의식도 이제 바꾸어 놓겠습니다."

그는 또렷한 목소리로 자신의 생각을 거침없이 말했다.

나는 속으로 '버르장머리 없는 놈 같으니라고 어디서 말버릇이……!' 하며 괘씸하기도 했지만, 한편으로는 ㅎ의 말이 맞는 말이기도 했다.

"늘 그렇게 살아왔지만, 때가 되면 저희도 잘할 수 있을 겁니다. 그런데 동성 친구가 없으니, 너무 답답합니다."

따돌림을 당해서 그렇게 행동하는 걸까? 한참 말없이 바라보다가 『마음을 열어 주는 101가지 이야기』라는 책을 끼고 있는 것이 눈에 띄었다.

"너, 책을 좋아하는구나. 지난번 『연인』이라는 책은 다 읽었니?"라고 부드럽게 물었다.

그러자 ㅎ도 경직되었던 자세를 편안하게 고쳐 앉으며 푹 눌러쓰고 있던 모자를 벗었다. 그제야 아이의 모습이 제대로 내 눈에 들어왔다.

"내가 너에게 너무 심하게 말한 것 같구나. 밀물처럼 밀려왔다가 썰물처럼 짝을 지어 학교를 떠난 친구들을 많이 봐온 탓에 나도 상처가 커서 그렇게 말하고 말았다. 나도 그렇게 막힌 사람은 아니란다. 부족한 구석이 많지만, 웃을 줄도 알고 자상한 면도 있어. 아직 내가 너를 잘 모르고 너도 나를 잘 모르지 않니? 이런 일을 통해서라도 이야기를 나누게 되어 기쁘고 한결 가까워진 느낌이 드는구나. 나에 관해 느낀 것과 그동안의 사정을 이야기 해주어 고맙다."

씩씩거리던 ㅎ의 마음도 어느새 많이 풀린 것 같았다. 우리는 그날 둘이서 꽤 긴 시간을 함께 했다. 밖에 비치는 가로등 불빛만큼 ㅎ과 내 마음이 서로를 환히 비추고 있었다.

굴뚝새

    2년이 넘도록 마음의 문을 열지 않는 학생이 있었다. 시도 때도 없이 잠만 자다가 식사 때만 식당에 나타났는데 얼굴엔 어두운 그늘이 가득했다. 우리는 그런 그를 '굴뚝새'라고 불렀다. 굴뚝새에게 질문을 하면, 언제나 긍정도 부정도 아닌 늘 같은 대답을 들어야 했다. "네, 네, 네, 네……."

    한 해가 저물어 가는 어느 날이었다. 그가 '대화 기법' 강의에 대한 수업 시수 부족으로 과락을 면치 못할 시점에 직면했다. 그래서 그 구제 방법으로 '하느님, 인간 그리고 자연'에 대해 생각해 보고 리포트를 써 오도록 했다. 그가 제출한 장문의 글에는 우리가 궁금해 하던 답이 담겨 있었다.

    "어른들의 설교가 싫어요. 모두 일방적이고요. 어른들은 끝까지 자신의 주장만 관철시키려고 해요. 그 설교를 피할 수 있는 방법은 무조건 '네'라고 답하는 것뿐이지요. '네'라고 답하면 어른들은 쉽게 손아귀에서 풀어 주었습니다. 오랫동안 그렇게 살다 보니 습관이 되어 버렸어요.

처음엔 이곳 선생님들도 다 똑같다고 생각했습니다. 그런데 지내고 보니 우리 선생님들은 달랐어요. 지금은 '네'라고만 대답할 필요가 없게 된 것이지요. …… 돌아오는 방학에는 컴퓨터 그래픽을 공부할 계획입니다."

굴뚝새가 이렇게 알맹이가 분명한 아이인 줄 누가 알았겠는가! 그는 정말 컴퓨터와 친했다. 그리고 축제 때는 연극 주연을 맡아 긴 대사를 완전히 멋들어지게 소화해내어 우리를 놀라게 했다.

잠만 잔다고, 마음을 열지 않는다고, 수업을 포기했다고 일방적으로 몰아세우기만 했다면, 그를 끝까지 캄캄한 곳에 사는 굴뚝새로 남게 했을지도 모르겠다.

가정방문

오랜만에 떠나는 기차여행이다. 조치원역에서 수녀님과 함께 오전 7시 45분에 출발하는 무궁화호 열차를 타고 부산으로 향했다. 부산에 살고 있는 아이들을 만나기 위해서인데 차창 밖으로 보이는 초록 물결이 마음까지 싱그럽게 한다. 상쾌한 날씨에 간간이 바다 바람까지 스친다.

이현주 목사가 쓴 『그래서 행복한 신神의 작은 피리』를 읽었다. 상당한 책을 읽었다는 느낌이 든다. 무료하지 않게 잠도 자다가 독서도 하다가 창밖도 내다보다 하니 잠깐 사이에 부산에 도착한 것 같다.

개찰구에는 ㅊ이 먼저 와 기다리고 있었다. 그리고 곧바로 ㅁ이 나타났다. 두 학생의 아버지가 함께 와 계셨다. 오랜만이라 더 반가웠다. 점심때가 되자 출출하기도 해서 지하철을 타고 자갈치 시장으로 향했다. 생선회가 푸짐하게 상에 오르고 소주를 곁들이며 지난 이야기들을 나누었다.

점심을 먹은 후 ㅈ 아버지를 만나기 위해 병원으로 향했다.

ㅈ 아버지는 학부모 회의가 있을 때면 꼭 참석하던 분이었는데 최근 몇 달 동안 볼 수 없었다.

안내된 곳은 암 병동이었다. 환자를 보자마자 병세가 위중하다는 것을 금방 알아차릴 수 있었다. 그분은 전신으로 전이된 암의 통증을 참으며 잔뜩 웅크린 채 우리를 맞이했다. 2개월 전까지만 해도 건강한 모습이셨는데 그새 이런 지경에까지 이르렀나 싶었다. 그동안 지내온 얘기를 듣고 함께 기도를 드린 후 마지막 인사를 나누었다. 아버지의 병상을 지키는 ㅈ이 안쓰러웠지만 그동안 훌쩍 커 버린 그가 잘 극복하리라 믿으며 병원을 나왔다.

ㅂ네 집에 가기 위해 구덕 경기장 앞에서 영도로 가는 버스를 탔다. 영도에 도착해 보니 날씨가 무척 덥고 기다리기도 지루해 팥빙수를 시켰다. 그때 약간 마른 듯한 ㅂ이 달려와 웃으며 인사를 한다. 요즈음 성당 여름학교에 푹 빠져 지내며 재미있다고 한다. 남자 친구도 생긴 모양이다. 연신 싱글벙글이다.

어머니는 ㅂ이 밤늦게 집에 들어온다고 걱정을 하였다. 아버지가 원양 어선을 타고 있어서, 아버지의 빈자리가 크겠지만 자상하고 든든한 어머니와 함께 잘 지내고 있는 것 같다.

우리와의 만남이 부모님과 아이들에게 좋은 시간이었기를 바라며, 방문을 마치고 역으로 향했다. '부모를 대신해 내가 맡고 있는 아이들이 잘 커야 할 텐데……', 차창을 스쳐 지나가는 도시의 정경을 보며 하루를 정리했다.

한밤중의 레이스

격 주간으로 아이들은 외박을 다녀온다. 외박의 목적은 기숙사 생활의 답답함도 풀고 가정에서 부모님과 함께 지내는 시간을 갖게 하자는 것이었다. 외박을 가는 날이면 한 명도 학교에 남지 않도록 되어 있다. 그래서 그날이 되면 떠들썩하던 교정은 침묵 속으로 빠져든다.

외박을 하게 되어 있는 날, 수녀님들과 외출했다가 밤 9시쯤 학교에 들어오는데, 집에 가지 않고 남아 있는 학생이 눈에 띄었다. 그 학생은 신경질적인 목소리로 전화통화를 하고 있었는데 무슨 일인지 알 수 없지만 말투가 몹시 거칠고 불손했다. 그 학생 곁을 지나면서 우리 일행은 퉁명스럽게 다들 한마디씩 그 학생에게 던졌다.

"왜 집에 가지 않고 학교로 다시 들어온 거니?"

그렇게 던진 말이 언짢게 들렸던 걸까? 학생은 황급히 전화를 끊더니 뒤도 돌아보지 않고 학교를 뛰쳐나가는 것이었다. 순간 '아차!' 싶었다.

"이 밤에 어디 가니?" 소리쳤더니,

"나가서 자라면서요!" 짜증스럽게 한마디 던지고는 어둠 속으로 달려 가버렸다.

"고집 피우지 말고 어서 들어와 자거라." 사라지는 아이를 향해 몇 번이나 소리쳤지만 허사였다. 그대로 내버려 두면 아무래도 무슨 일을 저지를 것 같아서 서둘러 차를 몰고 따라나섰다.

"놔요, 이거 놔요. 다시는 이 학교에 돌아오지 않을 거예요." 거친 목소리가 어둠을 깨고 사방으로 울려 퍼졌다.

아이는 잡혔던 손목을 뿌리치고 비포장도로를 따라 내달렸다. 수녀님도 차를 몰고 우리 뒤를 쫓아와 내가 그 학생과 승강이 벌이는 것을 보고 도와주었다.

분노로 가득 차 막무가내로 내달리는 학생을 쫓아가 잡으면 내빼고, 다시 잡으면 또 내빼고, 그러기를 몇 번이나 했을까. 가까스로 잡고 보니 아이의 손에 무언가가 들려 있었다. 육개장 컵라면이 든 비닐봉지였다.

"너, 이거 저녁이구나."

"예."

그제야 아이는 울먹이며 말문을 열었다.

"집에 가려고 하니 너무 멀어서 학교로 돌아오는 중이었어요. PC방에서 다섯 시간이나 있었거든요. PC방 같은 곳을 좋아하지 않는데, 시간을 때울 곳이 없어서 하는 수 없이 거기 있었어요. 그런데 숙직 선생님과 다른 선생님이 막 학교에 도착한 저를 보시더니 외박 날은 여기서 잘 수 없다며 나가라고 했습니다."

간신히 울음을 삼키고 있던 그 학생은 결국 서럽게 울음을 터트리고 말았다.

"나갈게요, 나가겠다고요. 다시는 학교에 돌아오지 않겠습니다."

학교로 돌아올 수밖에 없었던 사정을 제대로 살펴주지 않고 내쫓는 선생님들이 무척 원망스러웠던 모양이다. 나는 수녀님들과 함께 그 학생의 가슴 가득히 쌓여 있는 분노를 삭여 주기 위해 애썼다.

시간이 지나면서 호흡도 편안해지고 분노가 어느 정도 사그라지자, 그 학생은 학교로 들어가겠다고 했다. 만일 그대로 나몰라라 했더라면 그 학생은 영영 학교로 돌아오지 않았을 것이고 그 아이의 상처는 더 깊어졌을 것이다.

두 시간 내내 달려가 잡으면 내빼고, 달려가 잡으면 내빼고……. 이런 장면들이 한 편의 드라마를 연상케 했다. 드라마 같던 장면들이 우습기도 하면서 가슴 아프게 다가온다. 이혼한 부모를 둔 그 아이가 가족의 따뜻한 사랑을 얼마나 그리워했을지 상상이 된다.

집에 가고는 싶지만 반겨줄 가족이 없어 혼자서 PC방을 떠돌다 학교로 돌아왔는데, 학교에도 있지 말라고 하니 얼마나 참담했을까. 우리는 원칙에 충실하라고 한 말이지만 외로움과 고독감에 몰린 그 아이에게는 자신의 비참함을 더욱 크게 느끼게 한 말이었으리라. 어떠한 상황에서든지 먼저 상대를 넓고 깊게 바라보고 사랑해야지 하는 마음을 가져본다.

기타를 좋아하던 아이

봄기운이 만연한 5월, 한 아이가 부모님의 설득으로 우리 학교에 왔다. 부모님과 첫인사를 나누던 날, 근심어린 그들의 얼굴을 보며 아들 때문에 그동안 속이 많이 상했구나 짐작할 수 있었다.

그 아이는 수업 일수가 부족해 딴전을 부릴 시간적인 여유가 없는데도 수업은 아랑곳하지 않고 늘 기타를 들고 학교 주변을 배회하며 시간을 보내곤 했다. 수업에는 전혀 관심이 없고 기타가 유일한 낙이었다. 파란빛으로 염색한 덥수룩한 머리에 얼굴은 늘 졸다 일어난 듯 피곤해 보였고, 덩치에 맞지 않게 행동은 늘 소극적이고 미지근했다.

가장 다루기 어려운 학생들이 목표가 없는 아이들이다. 이런 아이들은 자기 통제력을 잃기 쉬워서 외출, 외박을 밥 먹듯이 하고 우두커니 앉아 있거나 이불을 끌어안고 한없이 잠을 자기도 한다. 그러다가 말없이 슬그머니 나가서 며칠씩 돌아오지 않으니 어떻게 도와주는 것이 보다 나은 방법인지 어려움을 느끼게 된다.

어느 날 그 학생은 병원에서 신경안정제가 들어 있는 일주일 치 약 봉투를 가지고 왔다. 물론 처방전으로 지은 약이었다. 그런데 자신에게 관심을 갖게 하고 싶어서 그런 것인지 그 약을 한꺼번에 다 먹고 의식을 잃은 채 방에서 발견되었다. 얼마나 답답했으면 그런 일을 벌인 걸까. 다행히 위세척을 하고 의식이 깨어났지만 무척 힘들어했다.

그날 밤 아이는 부모님과 함께 기숙사에서 지냈다. 그리고 또 다른 결단을 내리려고 마음먹은 것 같았다. '이 학교는 더 이상 도움이 안 되니 그만두겠다.'는 것이었다. 설득해 보았지만 막무가내로 떠나겠다고 고집을 부렸다. 이미 지쳐 버린 부모님도 손을 들었다.

아침이 되자 그는 아버지 차에 모든 짐을 실었고 다시는 돌아오지 않겠다는 단호한 표정으로 친구들의 배웅을 받으며 떠났다. 또 하나의 속박에서 해방되었다고 생각하는 걸까. 하지만 차를 타고 떠나는 모습이 왠지 쓸쓸해 보였다. 자신의 괴로움을 이기지 못하고 이 핑계 저 핑계를 대며 떠나버린 그의 앞날이 걱정스러웠다.

배웅하던 친구들이 이런 말을 했다.

"안됐어요. 목표가 있으면 좋겠는데 목표 없이 떠나네요."

"기타 학원에 다닐 겁니다. 그걸로 유명해질 거예요." 그가 하던 말이 귓가에서 맴돈다. 그런데도 떠나는 모습이 또 하나의 도피처럼 느껴지는 건 왜 그럴까.

정신이 살아 있어야 기초도 다질 수 있고 특기 적성도 살릴 수 있다. 그런데 지금의 마음가짐으로 자기의 꿈과 희망을 발전시킬 수 있을지 염려되어 마음이 편치 않았다.

집 짓고 삼 년

'집 짓고 삼 년'이라는 말이 있다. 조경공사를 다시 하면서 이 말을 실감하고 있다. 그동안 어수선했던 것들이 제자리를 찾아가고 있는 느낌이 든다. 세월이 약이란 말이 있듯이 고통에는 어느 정도의 시간이 필요하다는 것을 체득하게 된다. 열성도 있어야 하지만 지혜와 경륜이 함께 있어야 한다는 것도 알게 되었다.

집이 완성되지 않아 어수선했고 학생들과 선생님들 모두가 어설프기만 했던 시간, 시행착오를 겪으면서 본의 아니게 어려움을 준 모든 이들에게 용서를 청하고 싶다.

3년이란 기간 동안 이론을 정립하는 과정도 만만치 않았지만, 그것을 실제로 적용하는 과정에서 방법이 서툴러 혼선을 빚기도 했다. 교사나 학부모들에게조차 자발적인 내부 통제를 적용하는 것이 쉽지 않았다.

또, 외부 통제에 대한 고정관념과 자발적 통제 사이의 갈등도 있었고, 이에 따른 교사들의 경험 부족으로 능숙하게 대처

하지 못해 어려움을 느끼기도 했다. 학생에 대한 비난과 문제 행동에 대한 질책이 있을 때마다 학생들은 도망갈 구멍을 찾으며 빠져 나가기에만 급급했었는데, 다 시행착오에 의해 빚어진 한 단면이라고 생각한다.

교사들의 노력에도 불구하고 아이들이 변화를 보이지 않을 때, 쉽게 두 손을 놓아 버린 적도 있었다. 우리 교사들도 학생들처럼 마음을 잡지 못하고 방황했던 것도 기억난다.

상담 과정에서 교사가 학생의 문제점을 객관적으로 보고, 인간관계를 통해 현재의 문제 상황을 보다 더 발전적이고 미래 지향적인 방향으로 풀어나가야 하는데, 그 과정에서 현실요법을 적용하는 기술이 부족하기도 했었다. 무엇보다 학생들에게 끊임없이 관심을 가져줄 것이라고 기대했던 교사들의 마음이 공중으로 산산히 흩어지는 것을 바라보며 내 마음도 공허해지곤 했다.

양업에서 아이들과 함께 세 번째 성탄을 맞이하게 되었다. 존귀함을 지니고 있는 각 인격체들을 풍요로운 생명으로 가꾸어 가는 일이 참으로 만만치 않은 작업이라는 생각이 든다. 끊임없이 그들과 눈높이를 맞추어야 한다는 것을 성탄을 즈음하여 새삼 느끼게 된다. 이번에는 제대로 성탄을 준비하고 싶다. 예전보다 더 잘할 수 있을 것 같은 자신감이 생긴다.

졸업을 앞두고

　기숙사 사감의 역할까지 겸하고 있는 교사들은 3학년 맏이를 각 방의 '홈home장長'으로 임명한다. 이제 서서히 양업의 문화가 생겨나고 정착될 시기다.

　홈장의 몫과 역할은, 한 방에서 같이 생활하는 아이들의 아침 기상과 식사, 수업에 빠지지 않고 건강하게 학교생활을 할 수 있도록 이끌어주며, 하루 일과를 마무리하고 취침할 때까지 돕는 일이다.

　자기를 절제하고 후배들을 잘 이끌고 있는 홈장들도 있다. 그러나 몇몇 홈장들은 주도적으로 홈의 생활을 무너뜨리며 또래 집단을 어렵게 만들기도 한다. 기숙사에서 술을 마시는 등, 학칙을 어기고, 무단 외출과 외박을 일삼고, 늦잠을 자는 바람에 여러 부분에서 제대로 모범을 보이지 못하고 있다.

　개교한 지 3년, 이제 조금씩 자리를 찾아가고 있지만 교육의 길은 여전히 멀고 험하기만 하다. 큰 기대는 하지 않았지만, 학업 면에서도 특기, 적성 면에서도 이제 막 사회로 나가는 졸업생들이라고 생각하면 부족하고 안타까운 점들이 마음에 걸린다. 졸업이 무엇인지 그 의미도 발견하지 못한 채 학교를 떠나는 것 같아서 걱정이 된다.

'졸업만 시켜 주세요!', '사람 좀 만들어 주세요.' 입학할 당시 학부모들은 이구동성으로 이렇게 말했다. 그렇지만 이제 사람이 좀 되어(?) 졸업할 때가 되니, 부모들 입장에서나 아이들 입장에서나 여러 가지로 많이 아쉬운가 보다.

서로가 채워 주지 못한 부분들은 하느님께 맡기며 아이들을 향해 마음속으로 외쳐 본다. '얘들아, 너희들은 사랑하는 나의 아들, 딸들이다. 우리들의 삶은 여기서 끝나는 것이 아니라 계속 이어진다는 것을 잊어서는 안 된다.'

졸업식 풍경

졸업식 전날 하도 밖이 시끄러워 잠에서 깨어 보니 새벽 4시, 사제관에서 운동장 쪽을 내려다보니 졸업생들이 갈지之 자로 걷는 폼이 술을 꽤나 마신 모양이다. '오늘은 웬만하면 참아야지.' 하며 무엇을 하는지 가까이에서 보고 싶은 마음에 나가 보기로 했다.

후배들이 졸업하는 선배들을 헹가래 치며 "오랫동안 사귀었던 정든 내 친구여~."를 부르는데, 그 우렁찬 함성이 운동장을 가득 메우며 양업의 새벽을 뒤흔들고 있었다.

미운 정 고운 정 다 들이며 밤낮없이 뒹굴던 기숙사. 이곳을 떠나는 아이들의 마음이 군 생활을 마치고 제대할 때의 느낌과 비슷할까. 아이들에게 지난 3년의 생활은 나름대로 아픔과 고통을 겪었던 시간이었으리라. 때론 넘어지고 일어섰던 시간들이었기에 두고두고 추억거리가 되리라 생각한다.

오전 11시, 학교 중앙 홀에서 열다섯 명의 졸업생들을 위한 첫 졸업식이 있었다. 입학식 때와는 전혀 다른, 맑고 어엿한 그들의 모습에서 하느님의 모습이 배어 나오는 듯했다.

장봉훈 가브리엘 주교님, 총대리 신부님, 늘 관심과 사랑을 보내 주시던 여러 신부님들 그리고 많은 수도자들, 교육감, 교육장 각 학교 교장 지역 인사들, 군수, 서장, 내외 귀빈 등 하객이 이백 명이 넘었다.

주교님의 주례로 졸업식이 진행되었다. 졸업 증서를 수여할 때는 아이들을 한 명 한 명 다 안아주었다. 회고사에 이은 강기영 군의 송사는 식장 안을 울음바다로 만들었다.

졸업식을 마친 후 가슴이 벅차오르고 뿌듯한 것은, 졸업생들이 내 사랑하는 아들, 딸들이라는 생각이 더 컸기 때문일 것이다. 졸업식이 끝나고도 학교를 떠날 줄 모르는 아이들을 바라보며 나도 모르게 눈시울이 붉어졌다.

'잘 살아라. 어디에 서 있든 너희를 사랑한다. 먼 훗날 멋진 모습으로 다시 만나자!'

3부

넘치는 사랑 넘치는 끼

불타는 가을 산

학생들의 두발 자유화 문제로 시끌벅적 야단이다. 어른들은 대부분 반대 입장이고, 청소년들은 학생들대로 관련 법적 조항도 없이 존중받아야 할 인격이 규제를 받는다는 것에 대해 거세게 반발하고 있다.

인터넷을 통한 학생들의 강력한 반발과 항의로 몸살을 앓고 있는 교육부는 학교별로 학부모 학생, 교사가 연대하여 대책을 마련하도록 지시했다고 한다. 당연히 교사와 학부모는 두발 자유화 선언에 대해 우려의 목소리를 낼 것이고, 학생 편에서는 학부모 교사를 제외시키고 자치적으로 문제를 해결하려고 할 것이다.

언젠가 교복 자율화를 선언했다가 가계비 부담과 학생 지도의 어려움 등, 여러 가지 폐해로 인해 원점으로 돌아간 적이 있다. 마찬가지로 두발 자유화를 선언한다 하더라도 그 해를 들어 다시 원점으로 돌아가게 되는 것은 아닐지…….

연예인들의 염색한 머리를 여과 없이 내보내 청소년들의 모방 심리를 부추겼던 공영 방송들은 문제가 심각해지자 자성 없이 책임을 다른 곳에 전가시키며 시사 토론 등을 통해 해결의 실마리를 찾으려 하고 있다.

본당에서 보좌 신부가 머리를 살짝 염색하고 나타났는데, 청소년들의 반응이 대단했다는 소식을 들었다. 자기들과 닮은 모습을 한 신부이기에 더 친근하게 느낀 걸까? 언제나 새로운 이슈는 바람을 일으킨다.

우리 학생들의 두발은 불타는 가을 산을 연상하게 한다. 처음에는 아이들의 그런 머리 색깔을 볼 때마다 화가 나곤 했다. 갈색이나 붉은색 머리는 그래도 양호한 편이다. 느닷없이 파란색, 흰색 머리카락을 하고 나타나는 걸 볼 때면 속이 뒤집혔다. 그런데 시간이 지나며 교사들이 염색을 하고 오기도 했고, 웬일인지 그 모습에 정감이 가게 되었다.

굳이 어떤 말을 하지 않더라도 기다려 주면 학생들 스스로 언제 그랬냐 싶게 본래의 모습으로 돌아온다. 새까맣게 잊고 있던 나의 청소년 시절을 떠올려 본다. 옷이나 외모에 관심이 많아 거울을 자주 들여다보며 멋을 부리던 일, 어른들 몰래 극장에 갔던 일, 술병을 끼고 산으로 갔던 일들이 지금은 아름다운 추억으로 남아 있다.

3년이라는 세월 동안 아이들과 지내면서 새삼 느끼게 된 것은 생각이 굳어버린 어른들이 청소년들을 이해하려 하지 않고 일방적으로 이끌고 있다는 점이다. 어쩌면 어른들의 기준으로 바르게 키워보자는 욕심에서 자신의 지나온 시절은 뒤로 한 채 기성세대의 생각만을 강요하고 있는 것은 아닐까.

어른과 청소년 사이에서 문화적 갈등의 폭이 더 이상 넓어져서는 안 된다고 생각하면서도 폭을 좁히는 것 또한 쉽지 않다는 생각이 든다.

게시판에 남긴 글

　말썽을 예쁘게(?) 피우는 학생이 하나 있다. 그가 우리 학교와 사정이 비슷한 여러 학교들을 불시에 방문하고 돌아왔다. 다른 학교들을 돌아본 소감을 묻자, 선생님들이 아주 친절하고 좋더라고 했다.

　"너, 그 학교로 전학 가고 싶지?" 슬쩍 운을 떼어보았다.

　"아닙니다. 그럴 생각 전혀 없습니다."라고 대답했다.

　그 후 그를 만날 때마다 "너, 전학 가고 싶지?" 하며 놀리곤 했는데. 그때마다 펄쩍 뛰었다. 그 학생의 어머니가 들려준 말에 의하면, 다른 학교들을 방문하고 온 뒤 양업학교가 얼마나 좋은 곳인지 잘 알게 되었으니 이제 마음먹고 공부를 하겠다고 하더란다.

　무단으로 다른 학교들을 방문하고 돌아온 후, 그가 쓴 한 편의 글이 게시판에 올라와 있었다. 공동체를 벗어나 죄송하다는 내용이었다.

　하루는 아침 일찍 일어나 우연히 게시판을 보게 되었는데

ㅁ이 '술을 마셨습니다.'라는 제목으로 글을 붙여 놓은 게 눈에 띄었다. 학생회 간부들이 술을 마셨다며 사과를 한 것이다. 거기에는 사과뿐만이 아니라 '학생이 술을 먹는 것이 왜 잘못인가'에 대한 나름대로의 의견도 적혀 있었다.

결론은, 역시 술을 먹어서는 안 된다는 것이었다. 이유는 학생이기 때문이 아니라, 공동체를 해치기 때문이라고 했다. '양업 공동체'를 의식하지 않고 술을 마셨으므로 잘못한 것이며, 다시는 공동체에 피해를 주는 행동을 하지 않겠다고 씌어 있었다.

자기 잘못은 감추고 책임은 회피하려는 것이 인지상정이다. 그런데 ㅁ의 글은 잘못에 대한 자기 고백이며 자기 행위에 대한 평가이고 또 새로운 다짐이었으므로 내심 기뻤다.

공포의 해병대 캠프

더위가 한풀 꺾인 8월 하순, 고등학교 1, 2학년을 대상으로 포항과 김포 해병대 사령부에서 주관하는 4박5일간의 청소년 비행 예방 프로그램에 우리 학교 학생들이 참여하기로 했다.

방학을 마치고 학교로 돌아온 학생들의 얼굴엔 긴장감이 감돌고 있었다. 인내심도 부족하고 자기 통제가 잘 되지 않는 아이들은 해병대 캠프의 목표인 '자기 세우기'에 대해 이미 알고 있는지 소곤대며 겁먹은 표정을 하고 있었다.

2학년은 김포로 1학년은 포항으로 떠났다. 인솔 교사들의 배웅을 받으며 해병대 캠프에 들어간 것은 오후 2시쯤이었다. 곧바로 신체검사를 받았는데 2학년 학생 몇 명이 불합격 판정을 받은 것 외에는 대부분 별문제 없이 고된 훈련을 받으며 캠프 생활을 잘 소화하고 있었다. 형만 한 아우가 없다더니 잘 견디고 있는 2학년 학생들이 자랑스러웠다.

그런데 학교생활에 걸음마 격인 1학년생들이 힘든 모양이다. 포항까지 데려다주고 학교로 돌아온 교사들이 채 휴식을 취하기도 전에 긴급 상황이 발생했다고 연락이 왔다. 학생들이 캠프를 거부하고 있으니 선생님들이 내려와 설득해 보라는 것이었다.

"일방적으로 몰아붙이기만 해요."

군대는 군대고, 자기들은 학생이라고 항변을 했단다. 세상에! 뭘 몰라도 저렇게 모를 수가!'

해병대 캠프는 초등학생, 중학생, 어른에 이르기까지 모두 자원해서 오는데, 우리 아이들의 경우는 학교에서 인성교육 프로그램의 일환으로 시행하기로 한 것이니 자발성이 좀 부족하기는 했을 것이다. 그러자 해병대 측은 해병대 캠프가 생긴 이후 이런 사태는 처음 있는 일이라며 눈살을 찌푸렸다.

대다수의 학생들은 참가를 원하는데 몇몇 아이들 때문에 군중 심리가 작용해 이 지경까지 일이 벌어지게 된 것 같았다. 선생님들이 계속해서 설득했지만, 몇 명은 끝까지 거부하며 집으로 달아났고 남은 학생들만 뒤따라간 세 분 선생님과 함께 훈련에 참가하기로 했다.

선생님 중에는 고소 공포증이 있는 여선생님도 있었는데 이를 악물고 그 어려운 훈련을 모두 통과했다. 다른 두 분 선생님도 학생들을 위해 고된 훈련을 참으며 열심히 임했다. 그 모습이 아이들에게 꽤나 큰 힘이 되었던 모양이다.

훈련을 마친 학생들과 선생님들이 흙탕물에 절은 모습으로 군가를 부르며 '양업 파이팅'을 외치는 모습이 텔레비전에 방

영되었다. 학생들과 함께 혹독한 훈련을 받고 돌아온 선생님들의 얼굴에서도 진한 사랑의 흔적이 보였다. 참 고마우신 선생님들! 이런 선생님들의 사랑 안에서 우리 아이들이 소리 없이 부쩍 크나 보다.

끝까지 해냈다는 자신감으로 넘쳐 있는 학생들과 중도에 포기한 학생들 사이에 괴리감이 느껴졌다. 캠프에 대한 평가가 긍정적인 쪽으로 기울수록 중도 포기한 학생들은 의기소침해졌다. 그들은 하나 같이 입을 모았다.

"다음엔 어떤 경우에도 포기하지 않겠습니다!"

중도 포기로 의기소침해진 학생들과는 달리 캠프를 끝까지 마친 학생들은 자신감과 활기가 넘쳐 이렇게 말했다.

"다시 가라면 간다! 뭐든지 할 수 있다!"

"목표가 더욱 뚜렷해졌다."

"양업의 후배들은 해병대 캠프를 꼭 가야 한다."

"내 아들도 해병대 캠프에 꼭 보내겠다."

"나도 해병대가 되었다. 피할 수 없는 고통이라면 차라리 즐겨라."

"난 해냈다. 아싸~."

"모든 일에 최선을 다해야겠다."

"기회가 주어진다면 다시 가고 싶지만, 힘들었던 것을 생각하면 그렇게 가고 싶지 않다."

"자부심과 자신감을 갖게 했다."

"끝까지 이겨내 기분이 좋다."

"나 자신이 자랑스럽다."

"커서 군대 갈 생각을 하니 너무 두렵다."

화려한 외출

　학교 성당에 들를 때마다 감실 앞에서 진지하게 기도하는 한 학생이 눈에 띄었다. 그런 그의 모습을 보고 있으면, 지금 하느님과 깊이 이야기를 나누고 있다는 것을 저절로 느낄 수 있었다. 기숙사에 있는 그 학생 옷장을 무심코 연 적이 있었는데, 십자고상과 성모상이 옷장 한가운데 정성껏 모셔져 있었다.

　그런 아이가 학교를 나간 지 3개월이 다 되어 가고 있었다. 수업 일수도 거의 한계에 다다랐다. 그 아이가 다시는 돌아오지 않을 것 같은 불길한 예감과 함께 거의 포기 상태에 이르렀다.

　그러던 어느 날, 그 학생은 아무 일도 없었다는 듯이 아주 당당하게 학교로 돌아와 예전처럼 생활했다. 그 당당한 모습에 어이가 없었다. 예전 같으면 야단을 쳤을 텐데 이번에는 아무것도 묻지 않았다. 포기하는 마음으로 지내다보니 다시 돌아와 준 것만으로도 충분히 기뻤던 탓인지도 모른다.

　세월이 그렇게 지나 그 학생은 2학년이 되었고, 만날 때마다 나 역시 아무 일도 없었다는 듯이 대했다. 그러던 어느 날,

도서실에서 단정한 모습으로 애니메이션에 열중하고 있는 그 아이를 보았다. 3개월이나 무단 외출을 했던 지난 기억을 떠올리며 나도 모르게 그 학생 앞에 멈춰 섰다. 그리고 방해가 되지 않는지 양해를 구하고 마주 앉았다.

"지난 3개월 동안의 외출이 어땠었는지 궁금했는데, 이제 이야기를 해 줄 수 있겠니?"

"예, 학교를 그만두고 돈을 벌고 싶었어요. 집안 사정 때문에 돈을 벌어야 했거든요. 그래서 학교를 떠났어요."

"그랬구나. 그럼 그동안 어디서 뭘 하며 지냈니?"

"PC방에서 아르바이트도 하고, 막노동판에서 일도 하고요. 자장면 배달도 하며 지냈어요."

"PC방에서는 뭘 하며 지냈는데?"

"청소도 하고 컴퓨터 관리 같은 걸 했어요."

"힘들었겠구나."

"저녁에 교복을 입은 학생들이 우르르 들어올 때면, 저도 학생 신분이라는 걸 깨닫곤 했지요. 다른 학생들이 등교할 때쯤 저는 잠자리에 들곤 했는데, 이런 생활이 잘못되었다는 생각이 들기 시작했어요."

"막노동판에서는 어떻게 지냈니?"

"하루 종일 미장일 뒷바라지를 했어요. 지게도 져야 했고 끝없이 일이 몰려왔어요. 엄청나게 힘들다는 것을 알게 되었지요. 함께 일하던 분이 계셨는데, 그분은 버스에서 내리자마자

신사복을 작업복으로 갈아입었어요. 저를 보시더니 학생 신분이라는 것을 아셨는지 속 이야기를 들려주셨어요. 공부할 시기엔 공부를 해야 한다고 타이르시더라고요.

그 아저씨는 실직을 하셨는데 집에서는 아침에 회사에 출근하는 차림으로 나와서 가족들 몰래 인력시장을 거쳐 이곳저곳 노동판을 전전하고 있다고 하셨어요. 당신의 괴로운 심정을 토로하며 지나온 이야기를 들려주셨을 때 돈도 돈이지만 이렇게 지내서는 안 되겠구나 깨달았어요."

"자장면 집에서는?"

"배달을 했어요. 저녁이 되면 정말 몸이 고달프고 아버지, 어머니 얼굴이 떠오르면서 집이 얼마나 소중한 보금자리인지를 깨닫게 되었지요. 무엇보다도 내가 할 일은 공부라는 것, 그래야 내 미래가 있음을 알게 된 소중한 시간이었습니다. 열심히 공부해서 대학에 진학할 겁니다."

그는 한 점 흐트러짐 없이 또박또박 제 의견을 말했다. 그 아이에게는 3개월 동안의 힘겨운 가출이 새로운 도약을 위한 화려한 외출이었다는 생각이 들었다.

이곳에서 살고 싶어요

"자꾸 착각을 하게 돼요. 대학에 등록을 했는데도 방학이 끝났으니 얼른 우리 학교로 돌아가야 한다는 착각 말입니다. 나만 그런 것이 아니고 다들 그렇다고 해서 함께 모교를 방문하자고 뜻을 모았지요."

졸업 후 한 달여 만에 찾아온 졸업생들. 그들은 활기찬 봄기운을 몰고 와 토요일 오후의 교정을 가득 채웠다. 재학생 시절보다 더 친근하게 다가와 이야기를 나누었다.

대학에 간 한 녀석은 50분씩 강의를 들으려니 장난이 아니라고 했고, 직장생활을 하는 녀석은 어떻게 지내느냐는 질문에 '죽을 맛'이라고 했다. "죽을 맛이 살 맛이여." 하고는 어깨를 두드려 주었다.

우르르 모여든 덕분에 갑자기 교장실이 시끌벅적해졌다. 어떻게 연락을 했느냐고 하니, 인터넷 다음 카페 '양사모양업을 사랑하는 모임' 마스터 격인 ㄱ이 "후배들과 선생님들이 보고 싶지 않느냐고 하면서, 무조건 모교로 모이라고 했습니다." 하고 대답한다.

녀석들과 벽이 허물어진 덕분인지 이야기가 봇물처럼 터져 나왔다. 말도 많고 탈도 많았던 첫해, 화분 부순 녀석, 장관 방문 때 화장실에 쓰레기 뿌린 녀석, 문짝 부순 녀석, 벽에다 상습적으로 가래침을 뱉은 녀석……. 고개를 처박고 키득대는 모습을 보니 누가 했는지 짐작이 간다.

장학금을 받자마자 그 돈을 챙겨 무단으로 정동진 갔던 일, 벌칙으로 일주일 귀가 조치를 받았을 때 대천 해수욕장으로 내뺐던 일, 밤에 사감 몰래 빠져나와 저잣거리에서 술 마시고 시치미 떼던 일, 학교 옥상에서 편싸움을 벌이던 일……. 그런 일들로 얼마나 힘들어했던가.

고통을 주었던 만큼이나 성숙한 모습으로 자라 있는 아이들과 도란도란 지난 추억들을 더듬게 된 것이 고맙고 다행스럽다. 환한 웃음으로 가득한 아이들 얼굴에서 숨어 계신 하느님의 지극한 사랑을 보는 듯하다.

후배들 걱정, 그리고 학교에 대한 이런저런 애정 어린 조언들을 들으며 영원한 '양업인'이라는 것을 확인할 수 있었다. 입학을 한 첫해 절반이 넘는 아이들이 떠났을 때는 어떠한 희망조차도 보이지 않아 졸업할 때쯤이면 아마 하나도 남지 않을지도 모른다는 불안감에 어찌할 바를 모를 때도 있었다.

그런데 어느새 이처럼 아름답게 변화된 그 녀석들과 마주 앉아 사심 없이 이야기꽃을 피우고 있다는 사실이 나를 행복하게 했다.

기다리고 또 기다리고

기성세대들은 청소년들의 작은 실수에도 금방 분노하고 비난을 퍼부으며 궁지로 몰아넣는다. 그리고 한참 후 그들이 숨이 막혀 상처가 곪아터졌을 때 비로소 대안을 마련하겠다고 서두르지만, 어디 쉽게 해결의 실마리를 찾을 수 있는가.

교육을 백년대계라고 한다. 지치고 신음하는 아이들을 또다시 조급하게 다루다가는 대안학교도 별 수 없다며 다 떠나게 될 지도 모른다. 그러므로 조급해서도 안 되고 기대에 차지 않는다 하여 다그쳐서도 안 된다.

양업에서 가장 크게 배운 것은 기다림이지 싶다. 그래서 실컷 자도록 내버려두었다. 실컷 나가 돌아다니도록 내버려두었다. 방종을 허용하는 것은 아닐까 하는 생각이 들 때도 있었다. 내방자들 중에는 이곳도 학교냐며 반문하는 사람들도 있었다.

때때로 우리도 흔들렸다. 또다시 다그쳐 볼까 망설이기도 했다. 기다려야지 하면서도 참지 못하고 다그친 적도 많았다. 하지만 그것은 내방자들에게 잘 보이기 위한 노력이지, 아이들을 정말 사랑해서 그런 것이 아니라는 소리가 들려왔다.

기다리자, 또 기다리자. 무던히도 기다렸던 어느 날 모두 교실에 모여들었다. 생활이 불편하다고 아우성이었고, 선생님들은 무엇 하는 사람들이냐고 따졌으며, 이 학교가 우리에게 해준 것이 무엇이냐고 대들기도 했다. 이제 와서 되돌아보니 그때 자기 성숙의 시기가 시작되고 있었던 것 같다.

"신부님! 저희를 기다려 주신 덕분에 스스로 일어서야 한다는 걸 깨달았습니다. 그 사랑이 제 안에 강력한 에너지를 만들었습니다. 방종이 아닌, 주어진 원칙 안에서 나 자신을 일으켜 세우는 것이 자율이라는 것을 비로소 알게 되었습니다."

"그래, 앞으로 대학생활은 어떻게 할 계획이냐?"

"공부해야지요. 무섭게 할 겁니다. 억압당하고 비난받고 그래서 얽매이던 시절엔 정말 기운이 하나도 없었지만, 이제 제가 선택한 대학이고 제가 걸어가야 할 길을 찾았기에 기운이 펄펄 납니다."

자발적 동기에서 얻어진 내적 추동追動 에너지 덕분이다. 거침없이 세상을 살아갈 우리 아이들이 대견하고 자랑스럽다.

내 꿈은 미용사

얼굴에 여드름이 한가득 핀 친구가 있다. 아이들은 그 친구가 농구 스타 마이클 조던을 닮았다고 했다. 무스를 잔뜩 바른 머리카락은 무인도에 해송이 꼿꼿하게 서 있는 것처럼 뾰족뾰족 솟아 있고, 머리 주변은 파도에 깎인 절벽 같았다.

그래서인지 농구를 할 때도 마이클 조던을 방불케 한다. 성격도 좋아서 누구와도 잘 어울렸는데, 미국에서 생활을 해서 그런지 가끔 서양 사람처럼 굴 때도 있었다.

그 학생은 친구들의 머리를 깎아 주거나 손질해 주는 재미난 취미를 갖고 있다. 장래 희망이 미용사란다. 졸업을 하면 미용학과에 진학한 후 군 복무를 마치고 다시 미국으로 건너가 그 방면으로 공부를 하겠다는 야무진 꿈을 가진 친구이다.

그 친구의 방 한쪽에는 연습용으로 사용하는 마네킹이 있는데, 파마 연습을 하느라 하루에도 몇 번씩 마네킹과 씨름을 벌인다. 미용사 자격증을 따기 위해서라고 한다.

수업이 끝난 후 저녁에 기숙사를 한 번 돌아볼 때면, 잠을 자거나 티비를 보는 친구들 옆에서 열심히 마네킹의 머리를 말고 있는 그 친구의 뒷모습이 눈에 띈다.

꿈과 희망이 분명한 사람, 그리고 즐거운 마음으로 하루하루를 지내는 사람은 자신의 존재 이유를 잘 알고 있으므로 힘든 일이 있어도 잘 견뎌낸다. 훗날 누릴 큰 행복이 무엇인지 분명히 알고 있기 때문이다. 힘들어도 현재의 삶을 즐기며 최선을 다하는 그 녀석이 듬직해 보인다.

뭘 하며 살래?

그는 허우대가 좋고 부리부리한 눈이 꼭 순한 소를 닮은, 천성적으로 남에게 해를 끼치지 못하는 착한 성품을 가진 아이였다. 그런데 어찌 된 노릇인지 수업 시간만 되면 금세 고개를 책상머리에 처박고 움직이지 않는 거다. 그도 그럴 것이 기초가 영 말이 아니기 때문이다. 삶의 좌표가 없어 보였고 세월이 가든 말든 초연하기만 했다.

그와 달리 뭐든지 열성적인 아버지는 아들에 대한 관심이 대단했다. "우리 아들, 사람만 만들어 주이소!"

아이는 3년 내내 책과는 남남이었지만, 출석만큼은 늘 충실했다. 다른 학생들이 무단으로 들락날락거려 우리를 정신없게 만들 때도 이 학생만큼은 학교를 떠난 적이 없었다. 출석을 잘하니 성실함으로는 나무랄 데가 없었다. 가정에 문제가 있어 고민하는 흔적이 보이긴 했으나 그리 심각한 것 같지는 않았다. 그런데 '무엇을 해야 즐거울까?' 하는 고민 같은 것이 없어 보여서 답답했다.

"뭘 하며 살래?" 이런 질문에도 아랑곳하지 않았다. 이제 떠나보낼 날도 머지않아 걱정이던 차에 담임교사가 그 학생에게 관심을 가지고 권한 것이 골프였다.

"너 골프 한번 해 보지 않겠니? 이 운동이 널 신나게 해줄 거 같은데……."

무엇보다 학생이 원했고, 아버지의 전폭적인 지지와 학교의 배려로 그는 3개월 동안 꼬박 골프 연습장에서 살았다. 그런데 얼마 가지 않아 싫증이 난 것일까. 골프 대회가 있기 전날, 컨디션 조절을 잘해도 시원찮을 판에 이 녀석이 PC방에서 밤을 꼬박 새웠다.

머리끝까지 화가 난 담임 선생님이,

"큰돈을 들여 운동하는 녀석이 게임하고 싶은 유혹을 못 이겨 중요한 것을 이렇게 망치니!" 하면서 심하게 야단을 쳤다.

똥 뀐 놈이 큰소리친다던가. 꾸중을 들은 녀석이 오히려 세상을 다 때려치울 듯이 어깃장을 놓았다. 누가 누구한테 어깃장이란 말인가.

그런데 다음날, 그 아이는 연습 시간보다 훨씬 일찍 연습장에 나와 있었다. 그 후 골프부가 정식으로 창단을 하게 되자 필드에 나가기 위해 피나는 연습을 했다.

그리고 지난 고등부 골프 대회에 우리 학교 선수 중의 한 명으로 출전했다. 선수로 나간 아이들은 떨리고 긴장을 해서인지 식사도 제대로 하지 못한 채 우황청심환까지 먹고 한바탕 야단법석이었다. 하지만 그 녀석만은 세상만사 편한 모습으로 느긋해 보였다.

　다음날 치러진 대회에서 그 아이가 가장 우수한 성적을 거두었다. 코치 얘기를 들으니 연습량이 대단하다고 한다. 생활 체육학과에 지원해 세미 코치를 하는 것이 꿈이라는 얘기도 들려주었다. 가장 신난 사람은 아버지였다. 아들이 무언가에 재미를 붙여 열중하고 있으니 어찌 살맛이 나지 않겠는가?

　드디어 대입 실기 시험을 치르는 결전의 날, 드라이브 샷이 멋지게 날아갈 때 이미 합격은 결정된 것이나 다름없었다. 그 아이 자신은 물론 학부모, 선생님까지 더없이 기뻐하였다.

　나는 이 모든 것이 단지 학생의 노력 때문만은 아니라고 생각한다. 이 기쁨은 그 아이는 물론, 숱한 고통을 함께 견뎌 온 아버지와 선생님에게 주신 하느님의 선물이라고 믿는다.

　대학에 들어가 선수 생활을 하며 후배 양성을 위해 틈을 내어 모교에 오는 그를 보고 있으면, 열심히 사는 모습이 아름다워 얼싸안아 주고 싶다. 자신과의 싸움을 멋지게 해낸 그가 한국을 빛내는 골퍼가 되길 바란다.

뜨개질하는 남자

조직 폭력을 피해 이곳에 온 학생이 어느새 3학년이 되어 졸업을 기다리고 있다.

작년 양업 축제가 있던 날이었다.

"신부님, 받으세요. 제 처녀작입니다."

그 학생은 자신이 직접 만든 뜨개질 작품을 내게 내밀며 말했다. 사제들이 미사를 봉헌할 때 입는 제의에 매는 띠와 전화기 받침이었다. 학생이 직접 만든 작품을 선물로 받는다는 것도 기쁜 일이었지만, 사제로서 제의와 관련된 선물을 받으니 감개무량했다. 그것도 여학생이 아니라 남학생이 손수 만든 소품이라니! 새롭고 특별했다.

ㅎ은 전에 다니던 학교에서 구조적인 인간관계 때문에 상처를 입기도 했고, 감정조절이 잘 되지 않을 때에는 친구들끼리 폭력을 휘두르기도 하는 골치 아픈 친구였다고 한다. 그러나 지금은 밝고 바른 모습으로 자기를 살피며 미래를 열어 가고 있다. 그는 태권도 실력이 대단할 뿐만 아니라 남자답고, 의리

를 중히 여기며, 섬세한 성품을 지닌 학생이다.

그의 작품을 선물로 받고 보니, 그런 그가 뜨개질을 하는 이유가 몹시 궁금해졌다. 그러던 어느 날, 우리 학교를 취재하러 온 기자에게 그가 자기 이야기를 털어놓았다.

"저는요, 감정 조절이 잘 안 됐어요. 그럴 때마다 고민했습니다. 하루는 가정 시간이었는데 선생님이 제게 뜨개질하는 법을 가르쳐 주셨어요. 그때 뜨개질이 제 성격을 조용히 차분하게 다스려 줄 것이라는 생각이 들었어요. 그 이후로 저는 화가 날 때마다 감정을 조절하기 위해 뜨개질을 했습니다. 그렇게 시작한 것이 이제 저에게 취미생활이 된 거죠."

옛날 어머니들이 뜨개질을 했던 이유를 알 것 같다. 우리 어머니들도 한 코 한 코 뜨개질을 하며 마음을 다스렸을 것이다.

그는 신입생 후배들을 사랑으로 대했고 폭력을 자제했다. 그래서 후배들도 그를 믿고 따랐다. 태권도 사범이 되어 뉴질랜드에서 꿈을 펼치고 싶다는 그는 양업의 든든한 첫 졸업생이 되었다. 그리고 스포츠 외교학과에 입학한 후 곧바로 군에 입대했다.

예의 바르고 곧은 성품과 깊은 신앙심을 가진 그가 한층 더 성숙한 어른이 되어 소신 있고 당차게 살아가리라 확신한다.

아니라고 말할 수 있는 용기

남쪽 지방에서 온 한 학생이 있었다. 규칙도 잘 지키고 꽤 반듯한 학생이었는데 가끔 투정을 부려 교사들을 당혹스럽게 했다.

"여기 학교 맞아요?"라고 항변하기도 하고,

"속아서 왔어요. 전학 가겠습니다."라며 화를 내고 집에 가서 며칠씩 지내다 오기도 했다.

한번은 학교 벽에 자신의 생각을 적어 대자보를 붙였다.

"여러분, 이렇게 살아도 되는 것입니까? '좋은 학교'를 만들어야 하지 않겠습니까? '좋은 학교'는 우리가 만들어야 합니다. 원칙이 무시된 공동체는 다 흩어지고 맙니다. 침실에서 담배를 피우고, 수업에도 무관심한 이러한 무절제한 행동은 더 이상 없어야 합니다."

동료들의 나태하고 잘못된 모습을 지적하며 공동체를 향해 소신 있는 자신의 의견을 피력한다는 것은 우리 학교 상황에서는 쉬운 일이 아니다. 각자의 개성이 너무 강해 남의 말을 귀담아듣지 않기 때문이다. 그런 공동체를 향해 홀로 외친다는 것은 계란으로 바위를 치는 격으로 무모하고 외로운 일이었다.

생떼를 쓰듯 몸부림치는 그 아이의 모습을 보면서 솔직히 나도 왜 저렇게까지 해야 되는지 이해가 안 될 때가 많았다. 하지만 미사 참례에도, 학교생활에도 철저하게 원칙을 지키는 그 학생의 말과 행동을 불편해하고 트집 잡곤 하던 동급생들과 후배들도 시간이 지나면서 그를 좋게 보고 그의 의견을 하나 둘 따르게 되었다.

그 학생의 바르고 모범적인 생활 태도와 옳은 것은 옳다 하고 그른 것은 그르다 할 줄 아는 용기는 양업학교가 '좋은 학교'로 자리매김하는 데 큰 역할을 해주었다. 그의 목소리는 언제나 분명했고 힘이 있었다. 수시 모집에 당당히 합격한 그는 우리 학교 꿈나무 1회 졸업생으로 더욱 튼실하게 성장할 것이다.

작품 속에 담긴 마음

　추운 겨울에도 소매 없는 옷에 목도리 하나만 달랑 두른 채 어슬렁거리던 이 학생은 행동 하나하나가 별스러워 보였다. 때로는 이해하기 힘들어 답답하게 여겨질 때도 있었다.

　내성적이며 말수가 적은 이 학생이 일 년이 다 지나고 방학을 맞이하게 될 무렵 선생님들에게 고맙다는 표시로 선물을 하나씩 전했다. 수줍어하며 건네준 선물은 그가 만든 사람 모양의 테라코타였다.

　나중에 알게 된 일인데, 김기창 화백이 말년을 보낸 충북 청원에 있는 '운보의 집'으로 도자기 굽는 체험을 하러 갔을 때 다른 학생들은 주로 재떨이를 만들었는데, 이 학생은 재떨이가 아닌 다른 작품을 만들었던 모양이다. 그가 내게 준 작품을 책상 위에 두긴 했으나, 한동안은 그리 큰 흥미를 느끼지 못했다.

　그러던 어느 날 그가 교사들에게도 하나씩 준 테라코타가 제자리를 찾지 못한 채 여기 저기 놓여 있는 것이 마음에 걸려 그가 선물한 작품들을 모두 다 한 곳에 모아 놓고, 오며 가며 유심히 살펴보기 시작했다.

그제야 사람들이 한데 어우러져 한바탕 잔치를 벌이고 있는 듯한 작품 하나하나에 각각 담겨진 특별한 의미가 비로소 눈에 들어왔다. 작품 속의 인물들은 흥겨워보였으며 한국 고유의 멋을 오롯이 담고 있었다.

PC방에 가서 밤을 지새우고, 아침에 기숙사로 돌아와 잠을 자다가 스피커 소리가 들리자 시끄럽다며 선을 다 떼어버리고 다시 잠을 청하던 아이. 생모와 새엄마 사이에서 느끼는 갈등, 아버지에 대한 불신으로 삶의 의미를 잃어버리고 무기력해져 버린 그 아이의 모습이 떠올랐다.

그동안 아이를 제대로 이해하지 못했다는 생각이 들자, 얼굴이 화끈 달아올랐다. 우리는 서로 바라보고 있으면서도 깊은 대화는 나누지 못한 채 엉거주춤하고 있었던 거다. 그는 내면에 한국의 참 멋과 흥을 담고 있는 아이였는데…….

'그래, 우리 함께 어우러져 한바탕 신나게 춤을 추어 보자꾸나. 내가 너를 인정하고, 네가 나를 받아들이고 진정으로 사랑하는 것, 이것이 서로의 벽을 허무는 것이라는 걸 이제야 깨닫게 되어 정말 미안하구나.'

감춰진 재능

혹시 잘못 들은 것이 아닐까. 누가 저렇게 아름다운 피아노 선율을 낸단 말인가. 나도 모르게 발길이 소리 나는 곳을 향하고 있었다.

그곳에는 늘 술을 친구처럼 대하며 머리카락을 커튼처럼 늘어뜨린 채 별 목적 없이 배회하는 학생이 앉아 있었다. 그는 머리가 뛰어난 학생이지만, 공부에는 손을 놓고 있었다. 도대체 누가 저 아름다운 재능을 죽여 놓은 걸까.

연주를 하는 그 학생의 손놀림을 한참 동안 바라보았다. 언제부터 피아노를 친 것일까. 악보도 보지 않고 연주하는데 참으로 환상적이었다.

"무슨 곡이냐?"고 물어보았다.

"몰라요. 저는 다만 음감이 있을 뿐이에요."

그 학생을 보며 어떤 동반자를 만나느냐에 따라 인생의 방향과 성패가 갈릴 수도 있다는 생각에 안타까웠다.

"신부님, 저 다시 시작할까 봐요. 요즈음 공부하고 싶은 욕구가 서서히 일어나고 있거든요."

그런 그가 전혀 예상하지 못했던 대학 원서를 들고 찾아왔다. 음대 작곡과 원서였다. 기적과도 같은 일이 일어난 것이다. 이 아이가 자신의 내면을 잘 조절하고 가꾸어 본래의 어질고 착한 인성을 회복하여 아름다운 모습으로 성장하기를 기도한다.

넘치는 사랑 넘치는 끼

청주 시내를 지나,
옥산 사거리를 지나,
환희교를 지나
강 따라 바람 따라 걸어 걸어 한 시간
시골구석에 처박혀 있다고 얕보지 마
공기 좋고 물 좋고 사람 좋고
자연이 아름다운 이곳,
수업이 재미있는 이곳,
시골 산 구석에 짱 박혀 있는
우리 학교, 좋은 학교, 자율 학교
QUALITY SCHOOL

거기와는 달라
니네와는 달라
니네가 배우는 것과는 달라

오전 세 시간, 오후 세 시간, 수업은 목요일까지만
인성 교육이 먼저,
무엇보다도 학생이 먼저,
사람이 먼저 되어라, 인간이 먼저 되어라
신부님 품속에서, 수녀님 품속에서, 선생님 품속에서
그리고 자연의 품속에서
QUALITY SCHOOL
- 남소연, '청소년 가요제' 출품작

넓은 무대가 좁게 보였다. 무슨 이야기를 늘어놓는지 쉽 없이 읊어댄다.
"무대가 좋아요!"
양업의 아이들은 서강대학교에서, 예술의 전당에서 관객들을 열광시키며 흥분의 도가니로 몰아넣곤 한다. '시골구석에 처박혀 있다고 얕보지 마. 우리는 분명 너희들과 달라. 선생님들이 너무 좋아. 우리 학교 자율 학교 맞지……'
랩이 리듬에 따라 온몸을 타고 흘러 객석을 한바탕 흔들어놓는다. 그래서 학생 소식지 이름도 '넘사넘끼'라고 했나. 넘치는 사랑, 넘치는 끼!
학생들은 온몸을 끄덕이며 흥얼거렸고, 머리를 무대 바닥에 대고 몇 바퀴씩 돌기도 한다. 몸짓과 리듬이 조화를 이루고, 아이들 얼굴에서 밝은 웃음이 떠나지 않는다.

드럼 맨 ㅂ도 한 몫을 한다. 그는 머리를 길게 길러 하나로 묶었다. 여학생이라고 착각할 만큼 선이 곱고 하얀 얼굴, 언제나 생글생글 웃는 표정이 참 편안하다. 양업에서는 3학년이지만, 고향 친구들은 다 대학에 다니고 있다고 한다.

그가 2학년 때의 일이다. 집에 다니러 간 그가 제때에 학교에 돌아오지 않았다. 대학에 간 친구들로부터 그룹을 만들어 활동하자는 제의를 받고 흔들렸던 모양이다.

'너희들은 벌써 고등학교를 졸업했지만, 나는 이제야 너희들 뒤를 좇아가고 있어. 그런데 지금 여기서 주저앉으면 나는 영원히 너희를 따라잡을 수 없지 않겠니?' 이렇게 말하며 친구들의 제의를 점잖게 거절하고 학교로 다시 돌아왔다.

무대 체질인 그는 드럼 스틱을 들면 신들린 사람이 된다. 두드리는 것으로 모든 스트레스를 허공에 날려 보내는 모양이다. 음악성이 좋고 리듬감이 뛰어난 그는 드럼뿐만 아니라 다른 부분에서도 기초가 잘 다져진 마스터가 되기 위해 학교생활에도 최선을 다하고 있다. '청소년 한마음 축제' 때도 '양업제'에서도 그의 자리는 변함이 없다.

이처럼 성심여고에서, 인천 대건고에서 '가톨릭 청소년축제'가 있는 여름이면 양업이 뜬다. ㅅ은 공연 때마다 독무대로 관객을 사로잡는다. 연기가 끝나기가 무섭게 우르르 달려온 여학생들에게 사인 공세를 받고 당황해하는 모습을 보고 있으려니, 입가에 미소가 절로 지어진다.

어디를 가든 우리 아이들에게는 '튀는 아이들' 꼬리표가 붙는다. 일반 학생들과 다른 머리 색깔, 자유분방하고 개성 있는 옷차림. 그런데 양업의 아이들이 무대 위에 올라가서 신바람 나게 흔들어대면 같은 또래 학생들은 여름날 소나기를 만난 듯이 시원해한다.

초창기 양업학교의 부정적 유명세 덕분일까. 우리 아이들을 있는 그대로 보지 않는 비뚤어진 시선이 문제가 될 때가 있다. 바람잡이 아이들이 가끔 다른 학생들에게 트집을 잡아 인솔 교사를 힘들게 할 때도 있다. 고정화된 어른들의 시선은 우리를 긴장하게 만들고, 우려 섞인 잔소리를 늘어놓기도 한다.

그런 이들에게 이렇게 말하고 싶다. '고운 시선으로 오래 지켜봐주십시오.' 그리고 우리 아이들에게는 이렇게 소리치고 싶다.

'얘들아, 신나게 힘차게 흔들어라. 너희들이 정말 멋지다!'

피할 수 없다면 즐겨라!

나는 대안학교애 다니는 스물한 살 늦깎이 고등학생이다. 내가 다니고 있는 대안학교란 곳에는 조금은 특별한 아이들이 모여서 생활하고 있다. 일반 학교에 적응하지 못하거나 내몰린 탓에 이곳을 선택하게 된 친구들이다.

처음 이곳에 올 때만 해도 나 자신이 이만큼 견디어 낼 수 있을 것이라고는 상상도 하지 못했다. 그런데 벌써 2년이라는 시간이 흘렀고 올해로 3학년이 되었다.

스물한 살에 고3이라고 하면 남들이 어떻게 생각할지 굳이 말하지 않아도 잘 안다. 사람들의 곱지 않은 시선에 어느 정도 익숙하니까 말이다. 처음에는 그런 시선에 상처를 받곤 했다. 대부분의 사람들은 자신과 조금 다르다는 이유로 어떤 아이인지 다 안다는 듯한 눈빛으로 바라보곤 한다.

하지만 이곳에선 자격지심 같은 건 느끼지 않아도 된다. 이곳에 있는 아이들도, 이곳의 어른들이나 어느 누구도 자격지심 따위를 가지게 하지 않기 때문이다. 우리는 이곳에서 사람들의 고정관념이나 선생님들의 언어폭력과 체벌에서 벗어났다. 모두가 그러한 것들에 지치고 상처받은 아이들이었기에 이곳을 선택하게 되었고, 새로 시작하고 싶은 마음으로 이곳에 오게 되었다고 생각한다.

이곳에선 모두들 자신의 일에 열심이다. 양업에 입학해서 2년 동안 내리 잠만 자던 내가 3학년이 된 후로는 모든 시간에 출석은 물론, 공부도 조금씩 하고 있다. 꼭 무엇을 위해서라기보다는 우선 내 자신과의 약속을 지키고 싶어서이다.

그래서 내 의지와 힘겨운 싸움을 하고 있다. 이 학교가 아니었더라면 결코 얻지 못했을 경험들. 특별한 친구들과 학교, 애틋한 추억들, 내가 진정으로 원하는 것들, 그리고 나 자신을 발견하고 있다.

무엇보다 학교에 적응하면서 자신에게 주어진 시간을 잘 보내는 방법을 배우게 되었다. 자율적이면서도 후회하지 않도록 보내는 방법을……. 처음에는 타율에 길들여져 있던 내가 자율적이면서도 계획적으로 시간을 보내는 것이 무척 어려웠다.

우리 학교는 6교시 수업 이후에는 특별하게 짜여 있는 시간표가 없다. 학생들 스스로 방과 후 시간표를 짜야 한다. 일주일에 두세 번은 6교시 수업이 끝난 후 자신이 듣고 싶은 수업을 들을 수 있다. 그 외의 시간은 모두 자유다. 자율적인 시간이 많다 보니 학교에 있는 시간이 지루하고 괴로울 때도 있었다.

그런데 나에겐 그런 시간이 큰 도움이 되어주었다. 우선 생각을 많이 할 수 있는 기회와 그동안 접하지 못했던 다른 것들에게도 눈을 돌릴 수 있는 기회가 주어졌기 때문이다. 그런 시간들이 있었기에 지금처럼 자신과의 약속도 할 수 있다고 생각한다.

1학년 2학기 지리산 산악등반 때였다. 처음엔 이런 걸 왜 해야 하나 하는 생각으로 불만이 많았다. 억지로 올라간 산이 재미있을 리 없었다. 뒤쳐진 아이들과 같이 불평하고 짜증만 내다가 결국 중도에 포기하고 산에서 내려왔다. 그때 산을 내려오던 나는 올라가지 않아서 다행이라는 안도감보다 올라가지 못한 허탈감이 더 컸다. 내 의지력과의 싸움에서 진 것이니까.

그리고 2학년 2학기 때 지리산 등반을 다시 시도한 나는 정상까지 올라갔다. 똑같은 산행을 두 번이나 포기할 수 없다는 생각에 기를 쓰고 올라갔다. 정상에 올라 맛보는 기쁨은 이루 말할 수 없었다. 산에서 맛보는 첫 기쁨이었다.

지금 다시 산악등반을 가라고 하면 짜증이 날지도 모르지만, 그 당시 느꼈던 성취감과 희열은 무엇과도 바꿀 수 없는 것이었다. 그 외 해병대 캠프와 봉사활동 등에서도 인내력 시험은 계속되었고, 힘들면 힘들수록 나는 더 많은 것을 얻게 되었다. 학교생활은 온통 나의 모든 인내력과 의지력을 필요로 했다.

입학 당시, 한 선생님이 해주셨던 말씀이 기억난다. '피할 수 없다면 즐겨라!' 지금까지 들어본 말 중에 가장 멋있고 현명한 말인 것 같다. 아직도 졸업까지는 1년가량 남았다. 그 기간을 즐긴다면 앞으로의 1년은 나에게 가장 멋진 시간이 되어 줄 것이다. 좀 더 일찍 그 말의 의미를 깨달았더라면, 지난 2년간의 시간을 물 흘려보내듯이 보내진 않았을 텐데…….

학교가 나의 욕구를 100퍼센트 다 채워 주었다고는 생각하지 않는다. 하지만 100퍼센트가 될 수 있는 발판은 마련해 주었다고 생각한다. 무언가를 새로 시작한다는 건 꿈도 꿔 보지 못했던 나에게 학교는 작은 희망의 불을 댕겨 주었다.

내년에도 그 다음 해에도 신입생들이 들어오게 될 것이다. 나는 그들에게 이렇게 말해 주고 싶다. '학교가 무엇을 해주기만을 바라지 말고 내가 먼저 하고 싶은 일을 찾아야 한다.'라고. 그리고 힘들고 지칠 땐 이 말을 떠올리기 바란다.

'피할 수 없다면 즐겨라!'

* 이 글은 〈외방 선교〉 소식지에 실렸던 양업고등학교 학생의 글입니다.

자연이 나를 품어 주었어요

　내면의 상처가 너무 깊으면 마음이 닫혀서 외부 세계에 대한 관심을 잃게 되는 것 같다. 동산에 꽃이 피었는지, 저녁노을이 지는지, 뻐꾸기가 우는지 전혀 감지하지 못한 채 계절의 변화를 그냥 흘려보내는 학생들을 본다. 마음이 깊이 팬 상처를 싸매기에도 바쁜 판에 들에 피어 있는 꽃이 눈에 보일 턱이 있겠는가.

　그런데 입학 후 일 년이 다 되어 가는 어느 날 한 학생이 "와, 코스모스가 예쁘게 피어 있네."라고 말하는 것을 들었다. 자연을 향해 열린 마음은 서서히 자신을 향해서도 열리게 되는지 그 학생의 모습도 차츰 변화되어 가는 것을 볼 수 있었다.

　우리 학교 2학년 학생인 ㅅ은 음악에 심취해 작곡도 하고 노래도 곧잘 부른다. 그는 입학하고 얼마 되지 않아 자신의 분노를 이기지 못해 학교를 뛰쳐나갔지만 곧바로 학교가 그리워 제 발로 돌아올 수밖에 없었다고 한다.

　그동안 30여 곡을 작곡했다고 하는데, 학교에 들어온 직후

그가 작곡한 노래들은 가사가 섬뜩했다. '…… 고통 없는 죽음이 뭔지 내가 보여 주겠어…….'

그런 그가 2학년이 되면서 처음으로 사랑을 주제로 한 노래를 작곡했다. '아침 해'라는 곡이었다. 그 곡을 계속 흥얼거리고 있는 그를 보고 있으면, 이제 칠흑 같은 어둠의 터널을 지났구나 하는 기쁨과 안도감을 느끼게 된다.

"마음껏 소리 지르며 노래하고 싶었습니다. 그러나 그동안 아무도 어느 곳에서도 나를 품어 주지 않았습니다."

학교를 세 번씩이나 옮겼지만, 자신을 맡길 만한 곳을 찾지 못 했고 그런 세상이 원망스러워서 오토바이를 타고 달리는 것이 유일한 낙이었단다. 그런 그가 2학년이 되자 완전히 제자리를 잡았다.

"우리 학교는 참 좋은 학교입니다. 제가 아무리 소리 질러도 자연은 저를 포근히 안아 주거든요."

그는 자신이 이렇게 변할 수 있었던 이유는 자연의 포근함과 따사로움, 참고 기다려주신 선생님들, 이전과 달라진 어머니 덕분이라고 했다.

마이크 앞에서 목소리를 가다듬며 사랑의 노래를 부르는 그는 사람과 자연이 다 공감할 수 있도록 영혼이 담긴 노래를 만드는 뛰어난 음악가이자 성직자가 되고 싶다고 한다.

기숙사에서 배운 것

　한창 혈기왕성하고 기운찬 시기에 독특한 개성을 가진 선후배가 서너 명씩 한 방을 써야 하는 기숙사 생활은 결코 녹록하지가 않다. 서로 뒤엉켜 지내며 각기 다른 사고방식과 경험들이 부딪치고 깨지는 순간을 맛본다는 것은 쉬운 일이 아니다.

　그러나 힘든 만큼 얻어지는 게 분명히 있다. 방 정리와 청소, 환경 가꾸기, 형과 아우의 수직·수평적 관계 익히기 등, 하고 싶지 않아도 이곳에서 살려면 어쩔 수 없이 습득해야 하는 것들이다. 단편적이기는 하지만, 아이들의 속 이야기를 들으며 긍정적인 측면을 보게 되어 희망이 느껴진다.

　'협동심과 남을 배려하는 마음을 배웠습니다. 성격도 많이 좋아졌어요.'

　'친구와의 우정을 배웠고 자기만 생각하는 이기심을 버릴 줄 알게 되었어요.'

　'의지가 약했는데 많이 강해졌어요. 이제 원하는 일은 포기하지 않고 도전할 겁니다.'

'내가 보는 세상과 남이 보는 세상이 다를 수 있다는 것을 알았어요.'

'우두커니 시간을 낭비하면서 보냈는데 이제 시간 활용하는 방법을 배웠어요.'

'내 입만 알았는데 다른 사람의 몫도 있음을 깨달았어요.'

'사랑한다는 것이 무엇인지 알게 되었어요.'

'내성적이라 또래 친구들과 잘 어울리지 못했는데 이제는 배짱이 두둑하게 생겼어요.'

'내 소질과 적성을 정확히 알게 되었습니다.'

다음은 영화감독이 꿈인 2학년 ㅇ의 한 말이다.

'좋은 학교란 우수한 아이들이 많이 있고, 시설이 좋은 학교를 가리키는 말인 줄 알았는데, 정말 우리 학교 같은 학교가 좋은 학교라는 것을 알게 되었습니다. 틀림없이 우리 학교는 앞으로 더 많은 아이들이 들어오고 싶어 하는 학교가 되어 있을 것입니다. 우리를 진정으로 받아들이려고 노력하면서 변해 가는 부모님, 사랑이 많은 훌륭한 선생님들을 통해 우리 역시 변화되고 있으니까요.'

자동차와 같이 살고 싶어요

"작곡과, 골프지도학과, 사회체육학과, 스포츠 외교학과, 자동차학과, 사회복지학과, 환경토목학과, 컴퓨터게임과, 국사학과, 광고 홍보학과, 비서학과, 실무영어학과, 생활과학과…… 다들 미래를 여는데 필요한 학과에 갔어요."

모 방송국 PD가 우리 아이들이 대학에 진학한 사실을 알고, "이제 보니 이 학교도 대학 가는 학교네요!"라고 하자, 우리 졸업생이 대답했다.

"일반 학교와는 다른 점이 많습니다. 우리는 3년 동안 줄곧 '졸업하면 난 뭘 하고 살지?'라는 고민을 하며 지냈어요. 일반 학교에서는 아무 생각 없이 수능 준비에만 매달리며 3년을 보내고, 점수가 나오면 거기에 맞춰서 대학에 보내려고 하지만 우리는 3년 동안 여행과 봉사활동 등을 통해 안목을 넓혔고 마음의 넓이와 깊이를 다지며 살았습니다.

특성화 교과 시간에는 '대학 1일 체험'을 하며 자기 적성에 맞는 대학을 미리 생각해 두었고요. 명문 대학은 아니지만 모두들 자기가 원하는 학과에 들어갔습니다. 그래서 성취도가 높다는 것이 일반 학교와 다르다고 생각합니다."

똑 부러지게 대답하는 아이가 대견스럽다. 내로라하는 명문대학, 소위 잘 나가는 인기 학과에 진학했지만 적성이 맞지 않아 중도에 포기하는 학생들 이야기가 심심찮게 들린다. 결국은 학생의 성취도에 문제가 있는 것이다.

우리 아이들 중에 자동차학과를 선택한 학생이 있다. 그 학생은 3년 내내 기계를 만지며 지냈다. 진공청소기며 컴퓨터, 고장 난 기계는 모두 그 학생 몫이었다. 그 아이는 나에게 고장 난 자동차를 가져다 달라고 조르곤 했다.

"저는 공부엔 자신이 없어요. 3년 동안 자동차하고 살게 해주세요." 아이의 말을 대수롭지 않게 여기며 지나쳐 버렸는데, 그 아이가 자동차학과에 진학한 후 비로소 왜 그렇게 자동차를 구해 달라고 했는지 알게 되었다. 그 흔한 고물 자동차 한 대 마련해 주지 못한 것이 두고두고 후회가 된다.

"신부님! 다음에는 자동차에 관한 한 저에게 다 맡겨주십시오."라며 환하게 웃는 그를 힘껏 안아주었다.

졸업생

　방학인데, 졸업생이 연락도 없이 나타나 군 입대 문제로 필요하니 고등학교 전 학년 생활기록부를 떼어달라고 했다. 성적표를 때어줬더니, 자신의 성적표를 들여다보며 왜 윤리 과목 성적이 이렇게 나쁜지 모르겠다며 따졌다.

　의젓하게 자란 이 학생은 한신대학교에 합격했으며, 경영학을 계속 공부해 자신의 꿈을 키우겠다고 한다. 그런데 현실이 호락호락하지 않은지 지난날이 후회스러운 모양이다.

　"일반학교 다닐 때는 방학이 되면 머리염색을 하고 지냈어요. 마침 소집일이라 염색을 지우지 못한 채 학교에 갔었는데요. 친구들이 보는 앞에서 선생님이 욕지거리를 했지요. '학생이 이 꼴이 뭐냐'며 열쇠꾸러미 뭉치로 제 머리를 내리치고, 제가 말대꾸를 하자 발로 차고······.

　선생님이 아니었다면 맞장을 떴을 겁니다. 친구들이 보는 앞에서 제 자존심을 구겨 놓았으니까요. 수치심이 들어 정말 죽고 싶었습니다. 그 일 때문에 그 학교를 그만두고 이곳으로 옮겨왔지요.

그러는 사이 3년이란 세월이 흘렀고 저는 이 학교도 떠나게 되었습니다. 그동안 대인관계도 좋아졌고 대화하는 방법도 배웠습니다. 의지가 무척 약했는데 이제 그런 모습은 제 안에서 찾아볼 수 없게 되었습니다. 사회로 나가면 무슨 일이든 자신 있게 할 수 있을 것 같아요.

그 때는 정말 가기 싫었지만, 지리산 등반도 여러 차례 했습니다. 일반학교에 다니는 친구들은 어디 꿈이나 꿔봤겠습니까. 만났을 때 그 자랑을 하면 다들 부러워하곤 합니다. 그 친구들은 절더러 딴 나라에서 공부하고 돌아왔느냐며 의아해하지요.

그뿐만이 아닙니다. 봉사활동을 하며 사랑하는 법도 배웠습니다. 해병대 캠프는 지옥훈련이었지만 강한 의지를 키우는데 큰 보탬이 되었지요. 1, 2, 3학년 전 학년 동안 기숙사에서 생활하는 것도 정말 힘들었지만, 살아가는 데 큰 도움이 될 거라고 믿습니다.

제멋대로 살다가 비로소 자유가 무엇인지 알게 되었고, 이제 자제력을 키워가며 목표를 향해 나아가는 자유를 누릴 수 있게 된 겁니다."

"1, 2학년 중반까지 결석 한 번 하지 않고 잘 지냈는데 왜 그 결심을 지키지 못했니?" 하고 물었다.

"2학년 때 학교를 집단 탈출한 것 때문이지요."

"집단 탈출한 이유가 뭐였는데?"

"일반학교처럼 우리를 옥죄고 있다는 느낌이 들어서 함께 하자는 바람에, 반발심으로 '나가자, 보여주자!' 외치며 뛰쳐나 가게 된 거지요."

"교장인 나는 그때 너희들 일을 대범하게 처리하고 싶었다. 그래서 너희들이 집단 탈출을 했는데 붙잡지도 않았고 어디 있는지 찾지도 않았어. 왜냐고? 너희들의 잘못된 행동을 고 쳐주고 싶었거든. 그리고 다음 날 너희들은 스스로 학교로 돌 아왔지. 고개를 푹 숙인 채, 아무 일도 없다는 듯이……. 그때 너희들이 얻은 결과는 무엇이었다고 생각하니?"

"별로 없었어요. 그렇지만 학교와 대화를 많이 나눈 것이 잊 히지 않습니다. 해결하는 방법이 정말 맘에 들었어요."

"폭력이 없어져야 하는 건데, 폭력 문제로 유급을 받은 학생 에 대해 넌 어떻게 생각하니?"

"어느 사회건 힘의 논리가 작용하는 거 아닙니까. 힘센 가해 자가 여러 피해 학생을 몰아내고 있다는 것은 잘못이지만, 그 래도 힘 있는 사람이 생존하는 것은 당연한 일이지요.

선생님들은 객관적으로 일을 처리하시지만, 우리 또래집단 은 강자가 살아남는 게 당연하다고 생각합니다. 그렇다고 하 더라도 폭력이 있어서는 안 되지요. 선생님, 많은 추억을 안고 떠납니다. 떠난다는 것이 무척 아쉽습니다. 그렇지만 잘 살아 갈 겁니다."

나는 잊지 말고 신앙생활도 잘 하라는 부탁을 빼놓지 않았 다. 양업, 파이팅!

4부

부모라는 그릇

헤어지기 전에 해야 할 일

　3년 동안 대안학교에 와서 교육을 받은 결과는 어떠해야 하나. 학습자가 자기 통제력을 길러 교육의 목적인 학업성취도가 현저히 나아져야 하며, 인성적인 면에서도 환골탈태하여 발전된 모습이어야 하겠다.

　좋은 학교 '양업'을 이루고자 지금까지 많은 학생들을 살펴왔다. 어떤 학생은 학교를 수용시설 정도로 여기며 3년 동안 먹고 놀고 자는 일만 반복했다.

　충동적으로 욕구를 채우고자 하며, 자유를 남용하고, 기초와 기본이 준비되지 못한 것에 대해 반성할 줄 모르고, 목표도 목적도 없이 실망하고 좌절하며 주저앉기를 반복하는 모습은 안타깝기 그지없다.

　짧은 인생이라고는 하지만 청소년들에게는 아직 미래가 무한대인 것 같은데, 끊임없이 적당하게 살아가는 모습은 짙은 한숨만 내뱉게 한다. 반면에, 어떤 학생들은 대안학교의 특성 속에서 과거의 모습은 찾아볼 수 없을 정도로 성장하고 성숙해지는 경우도 있다.

제3회 사정회가 있었고, 이제 곧 졸업을 코앞에 두고 있다. 수시모집에 많은 학생들이 합격했을 뿐만 아니라 아직 진학은 하지 못했지만 내년을 구상하고 있는 학생도 있고 또 피와 땀의 결실로 명문대 진학도 하게 되다 보니 '우리 학생들이 많이 변했구나' 하는 생각을 하며 감회에 젖게 된다.

그런데 어떤 학생은 여전히 납득이 가지 않는다. π, 3.14, 초코파이, 셋을 놓고 이것에 대해 설명하라고 했더니 둘은 잘 모르는지 초코파이만 설명하는 그 머릿속에서 과연 어떤 창의적인 생각이 나올지 문득 궁금해진다. 낙제하는 학생도 한심하지만, 한편으로는 우리 교사들 책임이 아닌가 싶어 마음이 무겁기도 하다.

3년 동안 인성이 변하지도 않고, 성적도 수우미양가 중에서 '가' 행진만 거듭하는 학생은 어쩔 수 없이 집으로 '가'라고 할 수밖에 별 도리가 없다. 세상은 자기가 주도적으로 살아가야 하는 한 판의 마당이다. 좋은 마당을 마련해 놓고 초대하지만, 초대받은 사람이 고마워하기는커녕 한숨만 짓는다면 서로에게 도움이 되지 않는다.

이곳을 수용시설처럼 생각하는 학생에게 '사랑이다', '관심이다' 하며 잔소리를 하는 것도 더 이상 의미가 없을 것이다. '그때가 좋았지'라며 과거에만 집착해서 지금 자기가 몸담고 있는 현실을 부정하기만 해서야 되겠는가.

좌우지간 이제 내보내야 한다. 정의에 입각한 사랑이 바탕이 되어야하므로 또 한 번 크게 야단을 쳐야 되는데 그 아이가 기가 죽지 않을지 마음이 편하지가 않다.

새해 아침

　입학식이 어제 같은데 벌써 졸업식이다. 3년을 훌륭하게 살아 낸 아이들을 보면 그동안 가슴에 들었던 멍이 풀리고 기쁨이 차오른다. 제대로 된 인성교육의 요람이 되고자 의지와 사랑으로 살아온 3년이었다.

　특차 전형에 합격한 아이가 다섯이고, 정시 모집이 끝나면 대학에 합격한 아이들의 숫자도 더 늘어날 것이다. 제 갈 길을 찾아 힘차게 발돋움을 하고 있는 아이들 모습을 하나씩 떠올려본다. 달라질 것이라는 희망으로 믿고 기다려온 우리에게 보답이라도 하듯 우뚝 선 아이들에게 그저 감사할 뿐이다.

　양업의 학생들은 3년 동안 한 기숙사에서 서로 부대끼고 살면서 '참 사람'이 되는 길을 배웠다. 이 학교에 오기 전에 가정과 학교에서 배우지 못했던 덕목들 - 존경, 신의, 사랑, 우정, 사제 간의 정, 부모에게 대한 고마움, 남을 배려하는 마음, 공동체 정신 등을 이곳의 끈끈한 인간관계 안에서 새롭게 알게 된 셈이다. 직접 청소하고 빨래하고 설거지하며 부모님에게

대한 고마움을 배웠고, 사랑으로 대해 준 선생님에게 존경심
도 갖게 되었다.

공부 못한다고 숱한 손가락질을 받으며 서러움을 맛보던 아
이들이지만, 이제는 누구와도 견줄 수 없는 복된 하느님의 피
조물로 변화된 것이다. 우리 아이들은 수학능력시험이 끝나고
방학식을 하는 그 시간까지 전혀 동요하지 않고 학교생활을
마치고 떠났다.

새해 아침, 사랑 그 자체이신 하느님에 대한 신앙 안에서 우
리 아이들이 무럭무럭 자라는 한 해가 되기를 축원해 본다. 인
간은 선한 존재라는 것을 알게 해 준 그 아이들이 보고 싶다.

선생님, 힘냅시다

새 학기를 준비하는 시간이다. 선생님들은 지난 일 년을 돌아보며 작년처럼 살지는 않겠다며 다짐하고 있다.

일 년 내내 습관처럼 학교를 들락거리는 한 학생을 대신해서 어머니가 자퇴서를 쓰고 떠난 날이었다. 자퇴서를 쓰면서 어머니는 눈가가 붉어졌다.

담임 선생님은 그 어머니를 시내까지 모셔다 드리고 학교로 돌아와 '누가 저 어머니를 울게 만든 걸까' 곰곰이 생각하다가 마음이 아파서 술을 한 잔 했다고 한다.

아이들뿐만 아니라 가끔은 교사들도 훌륭한 교사가 되어야 한다는 이상과 그렇지 못한 현실 사이에서 어려움과 갈등을 겪는다. 나 역시 사랑해야지, 끊임없이 사랑해야지 하면서도 과연 진심으로 학생들을 사랑하고 있는지 자문해 볼 때가 있다. 그럴 때마다 부끄럽지만 자신이 없는 나를 발견하곤 한다.

다른 선생님들도 나처럼 이런 반성을 하는 모양이다. 대학에서 4년 동안 훌륭한 교사가 되고 싶다는 꿈을 키웠고 현장에서 최선을 다했지만 좌절감 또한 적지 않게 맛본 한 해였으리라고 생각한다.

아무리 노력해도 바라는 만큼 변하지 않는 학생들에게 화가 나서 분을 삭이지 못했던 일, 학생을 소중히 여긴다고 하면서도 어쩌면 자신의 입장을 더 우위에 두었을지도 모르는 일들을 생각하면 부끄러움이 밀려들지도 모른다. 넉넉한 마음으로 상대를 바라보는 것이 진정한 사랑이라지만 그게 어디 말처럼 쉬운 일인가?

'선생님들, 힘냅시다. 이렇게 자신의 어설프고 부족한 모습을 솔직히 바라보며 자성의 시간을 갖는 것만으로도 얼마나 큰 결실입니까? 서로 파이팅을 외치며 다시 시작해 봅시다.'

지리산 종주

　지리산 종주가 3박4일 일정으로 있었다. 매 학기마다 하는 프로그램이지만 산행 경험이 전혀 없는 1학년 학생들은 걱정을 많이 하는 듯 했다.

　학년이 올라갈수록 지리산이 안겨주는 선물이 값지다는 것을 알기에 나는 큰 걱정을 하지 않지만, 새내기들은 잔뜩 긴장한 표정이다. 모두 산행이 잘 이루어지길 기도했다.

　특별한 산행조가 있었는데, 진주 방향 중산리에서 출발해 천왕봉, 노고단을 거쳐 정치령을 넘어 고기리까지 종주하는 조였다. 3박4일 동안 담당 교사와 함께 꼼꼼하게 계획을 세우고, 멋진 산행을 성공적으로 마친 일행은 환한 미소 속에 피곤함을 감추고 승리감에 도취되어 있었다.

　산에서 마주친 학생들은 '이렇게 건재하다'며 자랑스러워하기도 했지만, 때론 쩔뚝거리며 너무 힘겹다고 응석을 부리기도 했다. 산행을 마치고 개선장군이 되어 학교로 돌아온 전교생들의 표정은 자신감으로 넘쳐났다.

이번 산행은 3학년의 협력이 두드러졌으며 새내기들도 이에 힘을 많이 얻은 것 같았다. 집채만 한 배낭 속에서 버너, 코펠, 햇반, 마른반찬, 김치 등을 주섬주섬 꺼내어 식사를 준비하고, 물을 끓이고, 음식을 나누고, 산장에서 새우잠을 자며, 긴 시간을 인내해야 했던 산행. 이렇게 함께 지낸 3박4일은 그들의 머릿속에 오랫동안 아름다운 추억으로 남으리라.

한 선생님은 말한다.

"3박 4일의 산행을 통해 학생들의 성격을 확연히 알게 되었습니다. 나 몰라라 하는 방관자도 있고, 눈에 띄게 부지런히 남을 도와주는 학생도 있었습니다. 소득이 남다릅니다."

혹시라도 산행을 하다 어려움에 처한 학생을 만나게 되면 도와줘야겠다 싶어서 나도 지리산으로 향했다.

"낙오자 세 명 발생입니다." 산 정상에서 연락이 왔다. 그리고 뒤이어 예정 지점에서 이탈한 힘없는 패잔병 모습을 한 학생 세 명이 눈에 들어왔다. 이탈한 조원들을 보는 순간 같은 조 대원들이 제대로 산행을 할 수 있을까 걱정이 앞섰다.

조원의 이탈은 다른 조원들의 산행에 큰 지장을 가져다준다. 필요한 준비물을 나누어 꾸렸기 때문에 어느 한 사람만 빠져도 타격이 크다. 나는 이탈한 학생들의 배낭을 확인하려고 2, 3분 정도 잠시 자리를 비웠는데, 그 사이에 그들은 어디론가 사라져버렸다.

그 학생들은 1시간 후 본부 조 교사들에 의해 다시 발견되었지만 또 도망가 버렸다. 마음이 비뚤어지면 어쩔 수 없는 모양이다. 이들 학생들은 중산리에서 천왕봉에 이르는 로터리 휴게소로 산행을 하다가 꾀가 나자 아프다는 핑계를 대고 대열에서 이탈한 아이들이었다.

학생들의 마음을 돌리려고 했지만, 이미 굽은 마음을 끝내 돌이키지 못했다. 그로부터 4시간이 지난 저녁 무렵 전화가 왔다. 시내에서 조무래기 중학생들한테 용돈을 빼앗다가 경찰에게 붙잡혔다는 것이다. 오히려 잘 걸렸다 싶었다. 만약 잡히지 않았더라면 더 큰 것을 계획했을지도 모를 일이다.

좋지 못한 마음이 원인이 되어 이런 일은 터지게 된다. 그래서 이런 일을 맞닥뜨릴게 될 때면 학생들만의 문제로 끝내고 싶지 않다. 문제는 학부모와 함께 바라봐야 한다. 그리고 상담치료 프로그램에 참여해야 하고, 못다 한 산악등반을 부모와 함께 마쳐야 한다. 그 과정이 힘들고 어려울지 모르지만 학생들에게서 좋은 행동을 끌어낼 수 있다면, 아무리 어려운 일도 반드시 해야 하는 것이다.

언제나 우리 안에는 좋은 일과 어려운 일이 함께 한다. 때론 좋지 않은 일도 벌어지지만, 그것 또한 살아가는데 다 필요한 일이다.

아이들을 바라보는 어른들의 관심이 그들을 건강하게 살릴 것이다. 그 아이들이 학교의 결정을 존중하고, 무사히 돌아오기를 바라며 기도한다.

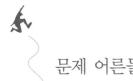

문제 어른들

　부적응 학생, 중도 탈락자라는 꼬리표를 달고 다니는 청소년, 이른바 '문제아'. 나는 이 말을 쓰기 싫다.

　쉽게 적응할 수 있는 환경에서 벗어나는 순간 우리 모두는 부적응의 상태에 놓이게 된다. 심각한 경제적 결핍, 부모의 이혼, 결손 가정, 친구와 이성 간의 그릇된 관계 등 각자가 처한 공동체 안에 적응할 수 있도록 환경을 만들어 주지 못할 때 청소년들은 갈등하게 되고 문제를 일으킨다.

　사람은 누구나 가까운 사람과의 관계에 금이 가면 어쩔 수 없이 부적응 상태에 빠지게 된다. 그런 여건을 만든 책임은 어른들에게 있다. 그럼에도 불구하고 그 책임을 청소년들에게 물으며 손가락질한다면 문제를 바라보는 성숙한 눈이 없고, 성찰할 수 있는 능력이 부족한 탓이다.

　각 단체의 장들이 모여 대학가의 문화는 유흥 문화라고 하면서 낮아진 대학생들의 질을 개탄하지만, 정작 목표와 중심을 잃게 만든 장본인들이 누구이던가. 어른들의 부도덕한 행위의 대가를 이 땅의 청소년들, 젊은이들이 고스란히 감당하며 신음하고 있는 것은 아닐까.

그걸 안다면, 청소년들에게 손가락질을 하며 문제아라고 당당히 말할 수는 없을 것이다. 그런데 때때로 지성인이라고 인정받고 있는 이들이 청소년들을 문제아라고 쉽게 표현하는 것을 보고 놀랄 때가 있다.

어느새 선배의 위치에 서게 된 2학년 학생들은 몰라보게 성숙해져 있었다. 인간관계의 회복과 사랑이 그들을 꿋꿋하게 설 수 있도록 이끌어 준 것이다. 이처럼 청소년 시기에 한 번쯤 바른 길에서 벗어나 삐뚤빼뚤 걷는다 하더라도 우리 어른들은 비난하고 판단을 할 것이 아니라, 기다려주고 보듬어주어야 한다.

아이들을 가까이서 지켜보면서 나 자신이 변하고 있다고 있다는 것을 스스로 느낀다. 아무것도 모르고 그들에게 손가락질을 했던 나라는 존재가 인간 내면의 깊은 상처와 더 깊은 사랑의 의미를 깨달을 수 있게 변화되고 있는 것이다. 이런 것이 노하우인가 보다.

어른들이 부적응의 자리를 적응할 수 있는 자리로 만들어주고, 질적인 체험을 통해 성장할 수 있도록 학생들을 지켜봐줄 때 그들은 어느새 자기 자리로 돌아와 외친다.

"저 공부하겠습니다. 저 특기 살리고 싶습니다."

얼마나 힘 있고 훌륭한 응답인가. 숨통을 조이는 열악한 환경이 청소년들을 나쁜 방향으로 몰고 갔다는 것을 인정하고, 한 생명을 낙인찍는 부정적인 단어로 청소년들을 매도하지 않았으면 한다. 우리 어른들이 할 일은, 그들이 적응할 수 있는 삶의 자리를 만들기 위해 힘닿는 데까지 노력하는 것이다.

대학에 몇 명이나 가나요?

이제 사회 구성원 모두가 대학을 나와야 하는 시대다. 그러다 보니 너도 나도 대학입시에 매달린다. 전문 지식인을 양성하는 대학이 그 가치를 제대로 살리지 못하고 있는데도 불구하고 학생들은 12년 동안 오직 대학 입학을 위해 살고 있는 것이 현실이다. 여행 한번 제대로 가지 못하고 오로지 수능에서 좋은 점수를 받아 대학에 합격하는 것이 그들의 유일한 목표요, 꿈이다.

어른들은 공부가 전부인 양 아이들에게 스트레스를 주고 있다. 얼마 전에 일반 고등학교 3학년 학생들의 손을 잡아보았는데, 식은땀이 줄줄 흐르고 신경불안 증세로 힘들어하고 있었다. 참으로 가슴 아프고 안타까웠다.

그런데 양업의 아이들은 시험에 연연하며 살지 않는다. 수능시험 며칠 전에 산악등반을 갔다 왔고, 특성화 교과도 했다. 누가 보면 미쳤다고 할 것이다. 대한민국에서 편안한 마음으로 수능을 앞두고 있는 수험생은 우리 아이들뿐일 것이다.

우리 학생들은 자신이 바로 서기만 하면 멋지게 세상을 살아갈 수 있다고 생각하고 있다. 테마 여행, 봉사활동, 산악등반, 현장체험, 연극, 영화 감상, 뮤지컬 공연 등을 통해 세상을 더 넓게 보고, 더 나은 미래를 향해 헤쳐 나가는 방법을 배웠기 때문이다.

인생을 앞질러 산 경험 덕분인지 글을 쓰면 감동적인 이야기들이 많다. 아마 5년 이상 지나서 우리 아이들을 만나면 훈훈한 마음을 지닌 어엿한 어른으로 또 각자의 꿈을 이룬 모습으로 성장해 있을 것이다. 그러면 된 것 아닌가.

첫 졸업을 앞둔 요즈음 많은 이들에게서 "대학에 몇 명 갑니까?"라는 질문을 받을 때면 답답한 마음이 든다. 우리 아이들은 대학만을 중요시하는 아이들이 아니다.

3년을 지내면서 어른들의 의식이 바뀌어야 한다는 생각을 자주 한다. 인생의 절대적 가치가 대학이 아니라는 것을 체험하며 세상을 열어 가려고 노력하는 양업의 아이들, 그들을 평가하는 기준이 대학 입학이라는 사실이 안타까울 뿐이다.

금연 선포식과 '그린 존'

　니코틴, 알코올, 성, 이데올로기, 마약 등에 심각하게 중독이 되면 개인 건강은 물론 나라 건강까지 망치게 된다. 나는 군대에서 야간 사격을 하는 도중에 동료들이 권하는 담배를 태우기 시작해 골초가 되어 버렸다.

　오랫동안 하루 세 갑 이상 실하고 맛있게 담배를 태웠다. 나는 생활 패턴이 아침형 인간이다. 그러다 보니 아침 식사 전에 재떨이에서 15대의 꽁초를 발견할 만큼, 늦게 배운 담배가 애연가 수준을 넘어서고 있었다. 잠자는 시간, 식사 시간, 미사를 봉헌하는 시간 외에는 하루 종일 담배를 물고 지냈다. 여러 번 금연을 시도했으나 백전백패였다.

　그러던 어느 날인가 미사전례를 담당하고 있는 책임자 수녀가 나에게 쓴소리를 해댔다.

　"앞으로 저는 제의를 차려놓지 않겠습니다."

　아니, 제의를 차려놓지 않겠다니 이게 도대체 무슨 말인가? 귀를 의심하며,

"수녀님, 지금 뭐라고 했습니까?" 하고 물었다.

"제의에 찌든 담배 냄새가 역겨워서 앞으로는 제의를 준비하지 않겠다고 했습니다." 하는 것이었다.

나는 담배 맛이 좋다는 생각만 했지, 찌든 담배 냄새가 역겹다는 생각은 하지 못했다. 그 당시 내의를 입었다 벗으면 노랗게 염색이 될 정도로 몸이 황달이었다. 지나친 흡연이 건강을 해칠 뿐만 아니라 남을 토하게 할 정도로 역겹게 만든 것이다.

충격을 받은 나는 '끊어야지!' 결심하고 즉시 수녀에게 금연 선포를 하고 말았다. 금단현상 때문에 한동안 아무 일도 못할 정도로 고생을 많이 했지만, 지금 생각하면 수녀가 내 생명의 은인이 된 셈이니 그 수녀에게 고마워하지 않을 수가 없다.

양업학교에서 그동안 많은 학생들이 흡연을 했다. 수북이 쌓여 가는 꽁초를 보면 그것이 학생들의 마음을 대신하는 것 같아서 보는 내 마음도 아팠다. 흡연 장소는 선후배끼리 만나 양아치 문화를 만드는 곳이기도 했고, 폭력과 괴롭힘의 장소가 되기도 했다.

그들과 대화를 하려고 마주서면 입에서 토해내는 악취 때문에 불쾌하기 짝이 없었다. 마음 같아서는 강제로라도 학교를 '그린 존'으로 선포하고 싶었지만, 너무나 심각한 골초들이라 불가능했다. 또 아무리 교사가 강제한다고 해도 자발성이 결여되어 있으면 어디든 숨어서 흡연을 할 테니 하나마나라는 생각이 들기도 했다.

그 와중에 지속적으로 금연 교육을 실시했고 2005년 11월, 교사와 학생들이 토론의 장을 펼친 시간에 금연을 하자는데 의견이 모아졌다.

모든 일들이 그렇겠지만 마음 안에서 진심으로 우러나와야 실천력을 지닐 수 있다. 그것을 알기에 오랜 시간이 걸리더라도 끈질기게 기다려온 것이다.

겨울 방학식이 있는 날, 전교생이 지켜보는 가운데 8년 동안 흡연으로 찌든 흡연터가 사라질 예정이다. 쉽지는 않겠지만 학교는 '그린 존'이 될 것이고 이런 노력이 모아져 성숙한 대안학교로 또다시 성장하게 될 것이다.

골초인 한 학부모가 금연 선언을 했다. 그동안 특성화 교과목인 '가족관계 프로그램'을 통해 학교는 물론, 가정으로까지 금연 운동이 확산된 덕분이었다.

그런데 아버지가 아들에게 한 금연 약속이 제대로 지켜지지 않았다. 1년이 지나자 아들이 아버지에게 쓴소리를 했다.

"아버지, 어른이 약속도 제대로 못 지키십니까? 제가 담배를 피우겠다면 아버지는 어떻게 하시겠습니까?"

아들의 말이 아버지에게는 충격이었던 모양이다. 순간 아버지는 자신이 초라하고 추하게 느껴졌고, 결혼 17주년이 되는 날 금연을 결심했다고 한다.

"금연은 나 자신의 건강은 물론이고 아내에게도 값진 결혼 선물이 되었습니다. 아들에게도 훌륭한 선물이 될 것입니다."

"금단 현상이 한동안 심할 겁니다. 응원을 보내드리겠습니다." 지난날 금단현상 때문에 아무것도 하지 못한 채 안절부절못하며 미친 사람처럼 지내야했던 내 모습을 떠올리며 힘찬 응원을 보냈다.

대안이 있어야 한다

　요즈음 학교를 자퇴하는 학생들이 점점 많아져 가고 있다고 한다. 그래서일까? 대안학교의 필요성이 커지고 있다. 그런데 대안학교는 정말 새로운 대안을 가지고 있는지 자문해 본다. 이는 대안학교의 숙제이자 풀어야 할 과제다.

　재미있는 교실 수업, 다양한 프로그램 운영 등으로 정말 좋은 학교, 즐겁고 신나는 학교로 만들어 가야 한다. 교실 수업도 수업이지만 다양한 프로그램을 통해 효율적인 교육을 해야 할 책임이 있다.

　그러기 위해서는 다양한 대안을 만들어 내야 한다. 봉사활동, 산악등반, 현장체험 등 정식 교과목이 여러 개 개설되어 있다. 이런 특성화 교과를 통해 일반 교과를 연계시키는 방법도 좋을 성싶다. 특성화 프로그램이 반복되면 아이들의 전폭적인 지지를 받을 수 없다는 것을 경험으로 알게 되었다.

　산악등반이나 봉사활동을 가려고 하면 선생님들에게,

　"왜 가나요?"

"안 가면 안 되나요?"

"왜 자꾸 가요?"

"재미없어요!"라고 한다.

아이들의 흥미가 이처럼 반감되는 이유는 고생이 싫기 때문이기도 하지만, 행사 진행이나 내용이 고정화되어 있기 때문이다. 해마다 정해진 일정에 따라 정해진 장소에서 똑같은 내용으로 반복되는 프로그램으로는 신통한 교육 효과를 이끌어낼 수 없다. 산악등반이 과목으로 개설되어 있다면, 그 계획이 매번 더 새롭고 치밀해져야 한다.

예를 들어 첫해는 험한 산을 오르며 자기의 의지력 테스트를 한다면, 둘째 해는 공동체성, 연대성, 협동심을 배우는 산악 훈련을 하고, 셋째 해는 자연 생태계를 알아보는 등 졸업 때까지 6회에 걸쳐 구체적이고 효율적인 산 체험이 될 수 있어야 한다. 그러려면 다른 교과와 연계를 이루면서 현장감 넘치는 프로그램이 준비되어야 할 것이다.

봉사활동도 마찬가지다. 똑같은 장소에서 똑같은 일만 반복 체험하는 봉사활동은 자칫 식상해지기 쉽다.

첫해는 봉사활동을 위한 준비 작업으로 가난하고 소외된 사람들을 만나고, 두 번째 해에는 여러 분야 중 어느 사회복지시설을 방문하고, 세 번째 해에는 병원 내의 병자들을 위한 활동을 적극적으로 실행한다든가 농촌의 일손을 도우며 농부들과 만나는 등 앞으로 살아가는데 필요한 산 체험들을 다양하게 준비한다면 유익한 교과목 운영이 될 것이다.

교실 수업이 지겹기만 한 아이들에게는 교실에 들어가라고 윽박지르는 대신, 차라리 밖에서 원두막을 짓게 하는 것이 대안일 수 있다.

꾸준히 좋은 대안을 만들어 내는 것은 교육의 주체인 교사의 몫이다. 끊임없이 연구하는 교사들에 의해 학교는 발전하고 학생은 변화할 것이다.

아버지가 먼저

　두 아이를 둔 아버지이며 중소기업 대표로 일하는 분이 창업한 후 사업을 확장하느라 정신없이 지내다 보니 그동안 적조積阻했다며 저녁을 함께 하자고 했다.

　이 학교가 시작될 때부터 학교 가까이 있는 회사 부사장으로 계시던 분이라, 학교 상황에 대해서도 잘 알고 계셨다. 하는 일은 달라도 창업이 어렵다는 것은 서로 공감하고 있는 터라, 만나면 화제도 일치하리라 여겨졌고 든든한 후원자이기도 해서 나도 흔쾌히 응했다.

　동동주를 한 잔씩 나누다 보니 인생살이 4, 5학년답게 회사보다 자녀교육에 관한 이야기와 우리 학교 초창기 때 이야기를 많이 나누게 되었다.

　"신부님, 하나 둘도 어려운데 그 많은 학생들 때문에 얼마나 고생이 많으세요? 지금도 그 감동의 졸업식 미사를 잊을 수가 없습니다. 그 친구들, 한몫 톡톡히 해낼 겁니다. 눈시울을 적시며 포옹하던 모습이 지금도 선합니다.

신부님, 자녀교육은 아버지 책임입니다. 아버지들은 바쁘다는 핑계를 대곤 하지만, 자녀들과 대화를 많이 해야 합니다. 그리고 끝까지 믿고 기다려주어야 하는 거지요. 그래서 미래를 위한 선택은 스스로 하도록 해주어야 합니다."

요즘 보기 드문 아버지시라며 칭찬을 했더니 쑥스러운 듯이 말을 잇는다.

"경험에서 얻어진 결론이지요. 저도 다른 부모님과 다르지 않았습니다. 급처방으로 언제나 자녀들에게 폭력을 써왔답니다. 딸아이가 고등학교에서 40등 중에 35등을 하고 집에 왔을 때는, 순간 참지 못해 해병대 출신답게 옆구리에 공격을 가하기도 했습니다. 하늘로 붕 떠서 구석에 처박히는 딸을 보는 순간, 죽었구나 싶어 심장이 멎는 줄 알았지요. 자녀에게 폭력을 쓰는 나 자신을 돌아보며 비참한 마음이 들었습니다.

그 후부터 손찌검을 하지 않고 자녀를 위해 아버지가 달라져야겠다고 마음먹었습니다. 저는 세 가지를 꼭 지키기로 결심했습니다. '자녀와 시간을 내어 가능한 한 많은 대화를 하겠다', '끝까지 신뢰하며 기다려 주어야겠다', '미래에 대한 선택은 어른이 아니라 자녀 스스로 하도록 도와주겠다'는 다짐이었습니다.

꼴찌 행진을 계속하던 딸 녀석이 저에게 3개월만 학원에 보내달라고 하더군요. 믿고 밀어주었습니다. 고3 때는 전교 1, 2등을 할 정도로 상위권에 진입해 명문대학 패션디자인학과에 진학했습니다. 왜 그런 학과를 선택했는지 궁금했는데, 태어나서 첫 돌이 될 때까지 딸아이가 패션잡지 사진과 눈을 자주 맞추던 기억이 문득 떠올라 깜짝 놀랐습니다.

또 아들 녀석은 줄곧 PC에 빠져 있었습니다. 컴퓨터학과를 갈 거라고 장담하더니 어느 날인가 의대를 가겠다는 겁니다. 이유를 물으니 컴퓨터학과는 미래가 없다며 의대를 선택하겠다고 해서 이번에도 믿고 밀어주었습니다.

저는 아이들과 대화를 많이 하기 위해 제가 일하는 공장에 데리고 와서 제 경영 전략을 가르쳐 주기도 했습니다. 또 사회 속에서 힘들게 사업을 하는 아버지의 고충이 얼마나 큰지 느낄 수 있도록 했지요. 절약을 하도록 돈의 소중함과 그 가치를 가르쳐주기도 했습니다.

이렇게 자녀와 대화를 많이 하다 보니 자녀가 건강하게 자랄 수 있었던 것 같습니다. 무엇보다 하느님의 도우심에 감사할 뿐이지요. 그리고 아버지가 해야 할 역할과 책임을 다한 덕분이라고 여겨집니다. 그들이 잘못했을 때에도 스스로 잘못을 깨달을 때까지 기다려 주고, 결정적인 선택은 아이들 스스로가 하도록 했습니다.”

아이들이 훌륭하게 변화할 때 아버지도 똑같은 변화의 과정을 거치며 새롭게 태어나게 되는 것 같다.

“신부님! 양업의 아이들은 학교를 믿고 있으니 지금도 즐거우시겠지만, 미래에도 분명히 행복할 것입니다.”

수렴청정垂簾聽政형 어머니

벌써 고등학교 이적이 네 번째다. 대구에서 ○○으로, ○○에서 △△으로 갔다가 이곳 청주까지 옮겨오게 되었다. 한 곳도 제대로 다니기 힘든 판에 네 곳을 전전한 것이다.

양업에 입학하고 나서도 한동안 집에 가 있었다. 그 사이 동료들을 성토하는 글을 인터넷에 올리며 오지 않을 것처럼 얘기하더니, 어느새 또다시 나타났다.

불과 얼마 안 되는 짧은 기간이긴 했지만 이제 제대로 적응을 하려나 보다 싶을 정도로 잘 지내고 있던 어느 날이었다. 방학을 맞이하기 얼마 전 토요일에 친구들과 외출해 술을 먹고 나서 유리창을 주먹으로 치는 바람에, 상처가 심해져서 병원 치료를 받게 되었다.

소식을 듣고 달려온 어머니는 학교를 성토했다.

"우리 아들은 그런 아이가 아닌데, 이 학교에 와서 더 나아진 것은 없고 애만 버렸어요."

형은 신학생이고 그 어머니가 지닌 신앙은 자녀에 대한 성소聖김 열정으로 똘똘 뭉쳐 있는 듯했다.

방학 전의 일로 어머니는 자녀를 학교로부터 떼어놓기 위해 아이에게 '학교가 지난 일로 너를 단죄하고 학교에서 몰아내려 하고 있다'고 얘기했는지, 아이는 '그럴 리가 없다'고 하며 자기의 입장을 인터넷에 올렸다. '나는 학교에 가고 싶어요. 왜 학교가 나를 오지 못하게 하나요?'라고.

그 글을 읽은 동료학생들은 교장, 교감을 성토하며 그럴 수가 있느냐는 비난의 글들을 올렸다. 누가 봐도 수렴청정형 어머니가 꾸민 연극임을 알 수 있었다.

어쩌면 그 거짓말은 자녀를 위한 하얀 거짓말일는지도 모른다. 그러나 그 아이 입장에서 보면 빨간 거짓말 때문에 그 피해가 얼마나 큰지 모른다.

그런데도 어머니는 여기 있다 보면 아이 다 버리니 아예 검정고시를 시키겠다며 막무가내다. '신학교를 보내야 하는데 여기서는 안 된다'며 자퇴 처리를 해달라고 성화다. 제대로 학교에 머문 시간이 한 달도 채 안 되는데, 부모 맘대로 학교를 요리하며 아이를 들볶고 있는 것이다.

다 큰 아이인데 과연 어머니의 간섭이 언제까지 계속될 수 있을 것인가? 자녀에게서 운전대를 뺏어 부모 마음대로 운전하려 한다고 생각하니, 아이가 딱해 보였다. 나는 "잘 가세요. 어른들이 더 이상 아이에게 피해를 줘서는 안 됩니다"라며 여운을 남겼다.

수렴청정형 어머니는 논리가 정연하고 똑똑해 보였지만, 학교를 성토하던 어머니의 모습이 자녀의 기억 속에 좋은 느낌으로 남아있을 수는 없을 것이다. 중심을 잡지 못한 부모의 지나친 경건주의가 아이를 꼭 신학생을 만들어야 한다는 강박관념으로 작용하고 있는 것 같은 느낌이 내게 깊이 다가왔다.

그 어머니는 이 길이 자녀를 옥죄는 것은 아닌지, 왜 생각해보지 않는 걸까. '나, 그 학교 갈래요.' 하는 아우성이 내 귓전을 맴도는 것 같다.

교육이라는 것이 그 어머니의 간섭처럼 금방 효과를 보는 것이라면 얼마나 좋을까? 기다려주지 못하고 이곳에서 성급하게 빼내어가는 부모의 행동이 아이에게 또 어떤 방황을 만들어낼까 걱정하며 기도했다.

내 아들만 소중하다니!

일 처리는 객관적이고 공정해야 한다. 그러나 세상을 살아가는데 아무 문제가 없다면 성인이거나 죽은 자, 둘 중에 하나일 것이다.

다섯 명의 학생들이 귀교했다가 또다시 학교 밖에서 지내고 있다. 부모들이 집으로 데려간 것이다. 대부분의 학생들은 '양업'에서 기쁘고 행복하게 살아가고 있는데 왜 다섯 명은 학교를 떠난 것일까? 내 아들을 제외한 다른 모든 학생들이 문제 투성이라서 그런 걸까?

매년 일어나는 격랑처럼 금년에도 예외 없이 고통스런 시간이 지나가고 있다. 11월 전체 학부모회의를 기점으로 골칫거리가 정리되나 싶었는데, 또 다른 문제가 불거져 학부모가 학생들을 데리고 나갔으니 걱정이 많이 된다.

학부모들을 보며 걱정스러운 것은, 당면한 문제를 심사숙고하여 해결하려고 하지 않고 그것을 피해버린다는 점이다. 학부형 중 한 분이 자기 자식이 입은 피해를 성토하며 학교를 모질게 비난하고 따졌다.

남의 잘못만 단죄하겠다는 것은, 자신의 부족한 면에 대해 반성하지 않는다는 것을 의미한다. 그것은 생산적이지 못한 것이어서, 좋은 방향으로 문제를 해결하고자 노력하는 이들의 순수한 열성마저 식어버리게 만든다.

상대방에 대한 이런 식의 비난은 결국 자기 얼굴에 침을 뱉는 결과를 낳는다. 대놓고 남을 심하게 모욕할 정도로 강성인 그 학부형의 자녀는 정말 아무 문제가 없는 걸까. 화살의 진행 방향이 상대방을 향하다가 어느 순간 방향을 돌려 자신에게 되돌아오게 된다는 것을 왜 모르는 걸까.

한순간에 어제의 피해자가 오늘의 가해자가 되어버렸다. 이러한 상황에 많은 사람이 놀랄 수밖에 없다. 피해 학생의 학부형은 자신에 대한 반성 없이 상대방을 일방적으로 몰아세워 문제를 해결하려고만 한다.

그렇게 되자, 지금까지 상황을 지켜보고 있던 다른 학생들이 입을 열기 시작했다. 가해자를 용서하지 못하는 피해자의 마음을 알아채고, 그동안 참고 묻어두었던 피해자의 잘못을 다 끄집어내게 된 것이다.

그렇게 되자 그동안 감추어져 왔던 피해 학생의 누적된 잘못이 동료들에 의해 샅샅이 드러나게 되었다. 자기 잘못이 크면서도 남의 허물만 따지며 비겁하기까지 한 피해자를 위해 다른 학생들이 더 이상 침묵할 수 없었던 모양이다.

요즘 기초적인 윤리성이 부족한 청소년들이 많다. 그렇지만 잘못을 저지를 때조차도 여유를 갖고 기다려주어야 한다. 그리고 대화를 통해 그들이 스스로 후회하고 반성하며 건강하게 자랄 수 있도록 돕는 것이 대안학교 '양업'의 몫이다.

부모는 '내 아이만 문제가 없다'며 상대방을 무조건 단죄하려고 해서는 안 된다. 청소년들이 잘못 했을 때 어른들은 엄하게 훈계를 해야 한다. 하지만 용기를 잃지 않도록 그들을 북돋아주고 타이르는 것도 어른들의 몫임을 잊지 않아야겠다.

건실한 시민이라고 자처하는 학부형들이 상처를 남긴 채 자기 자식만 빼내어 간 후, 남겨진 학생들이 모여앉아 텅 빈자리를 바라보며 허탈해 하는 모습은 참으로 안쓰럽다.

자녀의 내면을 정확히 읽어내지 못한 학부모의 성급함 때문에, 자녀는 이제 건강한 학교생활을 하기 어려운 상황 속에 빠져들게 된다. 아이들 문제에 학부모가 깊이 개입하게 되면, 문제는 더욱 부정적으로 발전하게 되어 상처밖에 얻을 게 없다. 왜 이렇게 어른들이 성숙하지 못한 걸까.

한 피해 학생은 가해자가 되어 결국 전학을 가게 되었고, 폭력 학생에게는 장기간 귀가 조치가 떨어졌다. 용기를 가질 수 있도록 도와주지 못해 아이들한테 미안할 뿐이다.

애들아! 예수님께서 '용기를 내어라'고 말씀하셨단다. 너희들도 용기를 낼 거지? 그리고 이번 일로 우리 또 한 번 도약하자!

약속 시한

　물체가 수직으로 작용할 때 그 힘이 대단하다는 것은 누구나 아는 사실이다. 그 낙차가 크면 클수록 힘 또한 비례한다. 인간도 부정적인 힘이 내리누르면 그 충격이 어마어마하다.

　학교에서는 그 누구보다 3학년 학생들의 힘이 크게 작용한다. 특히 학교를 물 먹여 보겠다는 심사에서 비롯된 부정적인 힘은 그 위력이 대단하다. 두려움에 빠진 저학년들은 맹목적으로 그 힘에 복종할 수밖에 없다.

　연극 공연이 있던 수요일, 공연장에는 몇 명의 학생들만이 간신히 자리를 지키고 있었다. 많은 학생들이 자리를 비우는 바람에, 공연은 시작이 자꾸 늦어졌다. 무슨 일이 생겼다는 것을 직감했지만, 더 미룰 수는 없었다.

　다행히 시간이 지나자 학생들이 차츰 자리를 메웠고, '햄릿' 연극 공연은 주인공들의 열연과 관객들의 환호 속에 무사히 막을 내렸다. 그런데 어떤 힘이 작용했기에 저학년들이 이 훌륭한 연극 공연에 거의 참석을 하지 않은 것일까.

그 진원지를 살피고자 조심스럽게 접근해보았지만, 보이지 않는 힘이 무서워서 아무도 입을 떼지 못했다. 준비도 많이 했고, 경비도 엄청나게 들어간 연극 수업을 방해하며, 대다수 선의의 학생들에게 피해를 준 학생은 도대체 누구일까? 벌써 3, 4일 지났는데도 아무도 나타나지 않았다.

전교생이 모였을 때 이런 분별력 없는 행동에 대해 말하지 않을 수 없었다.

"여러분, 누가 이런 일을 했습니까? 솔직히 고백하기 바랍니다. 남을 속이는 일도 잘못이지만, 자기 자신을 속이는 일은 세상에서 가장 비겁한 일입니다. 떳떳하게 자신을 밝혀주기 바랍니다. 오늘 18시 이전까지 솔직하게 고백하면, 우리 공동체는 조건 없이 용서하고 문제 해결을 위해 교육적인 측면에서 접근하겠지만, 그 시간이 지나게 되면 상황이 매우 복잡해지게 되니, 그 책임을 전적으로 그 학생에게 물을 수밖에 없습니다."

누가 그랬는지 이미 묵시적으로 다 드러났지만, 본인은 결코 하지 않았다고 부인하고 있는 상황이었다. 확증은 있었지만, 자기 입으로 고백하는 시간을 주기 위해 기다렸다.

그는 시한을 넘기고 사정이 어렵게 된 뒤 어쩔 수 없다는 듯이 입을 뗐다. 공동체 앞에서 한 약속 시한을 비굴한 자존심 때문에 놓쳐버림으로써 상황을 어렵게 만들어버린 것이다.

이제 전교생에게 한 약속은 지켜질 수밖에 없다. 그 학생은

'잘못했습니다'라고 말했다. 그의 잘못을 개인적으로는 용서할 수 있지만, 모든 학생 앞에서 한 말을 번복할 수는 없는 일이다. 그동안 공동체에서 물리적, 심리적 피해를 크게 입고 학교를 떠날 수밖에 없었던 학생들을 아무 일도 없었던 것처럼 본래 모습으로 복원시킬 수 있다면, 자연스럽게 용서해 줄 수 있을 거라고 말했다.

학생을 살리는 것은 '양업 공동체' 구성원 모두가 그 학생을 살려야겠다는 의지를 가질 때만이 가능한 것이다. 나는 '양업 공동체'가 학생들의 수직적인 힘의 논리에 의해서가 아니라, 교권이 제대로 선 학교, 약자가 건강하게 살아갈 수 있는 공간이 되기 바란다. 안타깝지만, 그런 변화 말고는 결코 다른 구제 방법이 없다는 것을 분명히 밝힐 수밖에 없었다.

개개인을 중히 여기지만, 공동체가 더 건강해지기를 바라는 마음도 크다. 그런 까닭에 이러한 방법으로 일을 처리하면서 마음이 몹시 아팠다.

지나친 자식 사랑

꽤 긴 시간 동안 학생들과 지내고 있다. 그래서 학부모가 자녀를 학교에 입학시킬 때 온갖 수단과 방법을 동원해 '사람 만들어 달라'며 부탁하는 것을 수없이 봐왔다. 그런데 학기가 시작되기 무섭게 자녀들을 데리고 가버리는 바람에 남겨진 텅 빈 자리를 보면 마음이 아프다.

그 아이들은 대부분 검정고시를 택한다. 그것도 자녀가 선택하는 것이 아니라 부모가 일방적으로 몰고 가는 경우가 대부분이다. 떠난 학생들이 잘되기를 바라지만, 부모의 결정이 결코 옳다고 볼 수는 없다.

나는 학교를 떠나는 학생에게 묻곤 한다.

"자네, 이 학교를 떠나기를 원하는가?"

"아뇨. 저는 남고 싶은데 아버지 생각이 너무 완고하세요."

입학할 당시 자기 자식 사람 만들어 달라며 신신당부한 것과는 너무 대조적이다. 내 자녀가 교사로부터 꾸지람을 들을까봐 두렵고, 동료들로부터 얻어맞을까봐 불안해서 겁부터 나는 모양이다. 그래서 아무 피해도 받지 않은 자녀들까지 들썩거려 꺼내어간다.

하지만 성공하는 것은 끝까지 남은 학생들 몫이다. 졸업하는 날, 학교를 떠난 학생들이 조용히 찾아와 허송세월했던 지난날을 후회하며 졸업하는 동료를 부러워하곤 한다.

자녀에 대한 부모의 사랑을 비난할 뜻은 없다. 단지 그 사랑이 너무 지나쳐서 맹목적인 것이 안타까울 뿐이다. 아이 일로 학교를 찾아온 부모들은 학교를 성토하고 교사들을 몰아세우기도 한다. 욕만 안 했지 눈을 부라리기도 한다.

자녀를 학교에 맡기고 갔으면 어떤 일이 있어도 학교와 교사들을 신뢰해야 한다. 자녀의 인간됨이 많이 부족한데 자녀의 잘못된 행동을 살피지 않고 오히려 학교와 선생님들을 나무라니, 그 자녀가 큰 인물이 되기는 어려울 것 같다.

그래서 그 학부모에게 이렇게 말한다.

"당신 직장 일이나 충실히 하십시오. 왜 당신 직장이 아닌, 학교에서 이 난리인가요. 아이를 사람 만들 자신이 있으면, 학교가 아닌 당신 일터로 데려가세요."

한 부모가 자녀를 맡기고 갔다. 학교는 어떻게 해서라도 그 학생을 책임지기 위해 최선을 다해 노력한다. 그런데 갑자기 그 부모가 찾아와 다른 학교로 전학을 시키겠다고 한다. 일반 학교에서 이 학교로 전학을 온 지 얼마 안 되었는데 또 전학을 가겠다는 것이다. 너무도 완고해서 그렇게 하라고 했다.

그런 일이 있은 후 일주일이 채 안되어 또 다시 이곳으로 전학을 오겠다고 어머니가 연락을 해왔다. 전학 간 학교 동료들이 아무도 아이를 아는 척 하지 않고, 공부도 적응을 할 수 없으니 다시 전학을 오겠다는 것이다. 나는 그 어머니에게 단호하게 말했다.

"전학 간다고 만든 서류에 찍은 인주가 아직 마르지도 않았습니다. 자녀를 두고 부모가 언제까지 이렇게 흔들어댈 겁니까? 다시 이 학교로 돌아올 수 없습니다."

자녀교육은 어른들의 장난이 아니다. 어른들은 자녀교육에 보다 더 진지해져야 하며 중심이 잘 잡혀져 있어야 한다. 자녀에 대한 사랑이 지나쳐서 과잉보호를 하게 되면 자녀는 자기도 모르는 사이 중심을 잃어버리게 된다.

그러나 부모가 자녀문제에 흔들림 없이 중심을 잡게 되면 자녀도 빠르게 중심을 잡아가게 된다. 자녀에 대한 부모의 지나친 애정은 자녀를 그르치게 된다.

아이들이 시동을 걸었다

선생님들은 개학이 가까워지면 긴장하게 된다. 학생들과 곧 얼굴을 마주 대해야 하기 때문이다. 그것도 24시간 직면해야 하기 때문에 더 그렇다. 직접적이건 간접적이건 학생들과 부딪혀야만 하는 것이다.

개학날이 다가오면 학생들은 시동을 걸고 몰려올 준비를 한다. 방학이 다 끝나갈 무렵 한 선생님이 말했다. "아이들이 시동을 걸었다. 아이들이 몰려온다!"

3학년 학생들이 떠나고 나면 한 학년씩 진급을 하게 되고, 새로운 학생들이 학교 문화를 어떻게 만들어갈지 기대가 된다. 학교는 지난 학기말에 공동체 구성원 모두의 결심으로 흡연터를 철거했다. 학생들이 학교를 금연청정지역으로 만들어 보겠다는 의지를 보여줬는데 과연 얼마나 효과가 있으려는지 궁금하다.

학생들이 찾아온 교정은 입춘 추위로 쌀쌀하긴 하지만, 활기가 넘친다. 한 명도 예외 없이 학교로 돌아와 줘서 고맙다.

학생들은 오랫동안 헤어져 있다 만나서인지 아니면, 없어진 너구리굴을 새로 꾸밀 둥지를 찾는지 삼삼오오 모여 들로 산으로 움직이며 부산하다. '설마 그곳에서 너구리를 잡고 있는 것은 아니겠지?' 하며 일단 믿어보기로 했다.

졸업식이 끝나고 학교를 돌아보았다. 외부에서는 흡연의 흔적이 보이지 않았다. 학생회장에게 물었다. "담배 피운 흔적이 전혀 없는데 정말 너희들 결심을 단단히 한 모양이구나!" 하자 빙긋이 웃으며 묘한 표정을 지어 보였다.

그들이 졸업과 종업식을 마치고 떠난 후 나는 다시 기숙사며 옥상을 두루 살펴보았다. 기숙사 이곳저곳에서 담배 냄새가 묻어났으며, 3층 옥상 한구석에 꽁초들이 너절하게 널려 있었다.

'그럼 그렇지! 골초들이 여전히 기승을 부렸구나!' 하는 생각이 든다. 속았다는 생각보다 '금연이 그리 쉽지 않겠지' 하는 생각과 함께 그 대안을 찾아내야 한다는 걱정에 벌써부터 골치가 아파온다.

학교는 교사 연수에서 그 대안을 다각도로 마련하기로 했다. '선택이론과 현실요법'을 통해 강력한 통제가 아니라 스스로 금연할 방법들을 찾아보기로 한 것이다. 학생부장 선생이 의견을 제시했다.

"신부님! 함께하며, 기다려주고, 그 대안을 찾아 봤으면 합니다."

많은 학생들이 금연을 했고 학부모들도 금연을 했다는 소식이 들려온다. 그리고 우리 선생님들도 자발적으로 금연을 선언하고 나섰다. 골초 행정실장도 그 좋아하던 담배에서 해방된 지 꽤 오래다. 봄방학이 되고 다시 개학하여 학생들이 시동을 걸고 학교로 몰려올 때는, 더욱더 굳은 결심으로 돌아오기 바란다. 사순절이 시작되고 있다.

부모라는 그릇

　3년 동안 열심히 지도해도 좋은 모습으로 변하지 않는 학생들이 있다. 학생들이 변하지 않는 가장 큰 이유는 부모의 그릇이 작을 때이다. 3년 동안 자녀에게 관심과 사랑을 제대로 주지 않았으면서, 자녀가 변하지 않는다고 학교를 향해 아우성치는 부모는 틀림없이 그릇이 작은 사람들이다.

　학생이 3년 동안 바른 길로 들어오지 않고 어지간히 속을 썩이며 지내다가 졸업식에도 나타나지 않을 때, 우리는 학생을 탓하고 싶지 않다. 그 학생은 마음이 여유롭지 않아 자기 자신과 그 주변을 잘 돌아보지 못한다. 그리고 충고를 해도 쉬이 받아들이지 않는다.

　왜곡된 것을 바로 잡아주려고 해도 그동안 받은 상처 때문에 남의 질타나 충고를 반성의 기회로 삼지 않고 화를 낸다. 부모도 마찬가지로 그릇이 작아, 자녀가 변하지 않는 탓을 남에게 돌리며 철부지처럼 군다.

　새 학기가 시작되고 한참 지났는데도 지금까지 졸업 앨범과 졸업장이 잃어버린 주인을 기다리고 있다. 정리해야 할 서류와 물건들을 남겨둔 채 학교를 훌쩍 떠나버린 부모와 학생이 있기 때문이다. 부모의 작은 그릇이 자녀도 옹졸하게 만드는 탓이다.

이런 부모를 가까이 들여다보면 의외로 가진 것이 많은 졸부에다가 학식도 제법 있으며 사회적 지위까지 있는 경우가 많다. 부모가 해야 할 일을 하지 않고 자녀들 앞에서 사랑하고 옹호한답시고 잘못된 자기 생각을 함부로 주입하여 그걸 듣고 자라는 아이들이 비뚤어져 자라게 되는 것 같아서 더 속상하다.

자녀가 학교에 있을 때는 수업일수 부족으로 혹시 졸업을 하지 못하게 되는 건 아닐까, 거미줄처럼 연약하게 붙어있는 자녀의 생명이 위태롭게 보이는지 어쩔 수 없이 가끔 나타나 그럴싸한 말로 꾸며대다가, 정작 결정적인 때는 본색을 드러내고 만다. 그러다가 겨우 졸업을 하게 되면 끝내 고맙다는 인사 한 마디 없이 가버린다. 그 모습이 바로 그 부모의 인품인 것이다.

학교가 잘못한 자녀를 적절한 방법으로 야단치며 책임을 지려고 하면 부모도 함께 힘을 실어 훌륭한 자녀로 만들어야 한다. 그런데 학교가 자식을 다 책임져야 한다는 듯이 오히려 쌍심지를 켜고 항의하며 삐치곤 한다. 정작 자신은 자식에 대한 사랑을 게을리하면서 남이 자녀를 조금이라도 힘들게 하면 무슨 죽을죄라도 지은 것처럼 법석을 떠는 것이다.

자녀를 맡기고 졸업시킬 때까지 학교에 대한 고마움을 갖지 못한 채 끝내 원망과 서운함만 갖는다면 그 부모의 그릇이 그 정도 크기밖에 안 되기 때문이다.

　그러한 부모를 보고 자라는 자녀 역시 부모의 그릇 크기를 닮을 수 밖에 없으므로 그 그릇 정도밖에 될 수 없다는 사실을 깨달았으면 한다. 이런 태도의 대물림이 큰 화를 만들게 될까 봐 두렵다. 더 늦기 전에 부모의 마음이 좀 더 커지기 바란다.

5부

엉킨 낚싯줄 풀듯이

사람은 사랑으로 창조되었다

　대학에 진학한 졸업생들이 첫 학기를 마치고 여름방학을 맞았다. 다 연락이 닿는 것을 보니, 잘 지내고 있는 모양이다.

　영상정보대학 사회복지학과를 다니는 ㅁ도 오랜만에 전화를 주었다. 김포대학 공학과를 다니는 ㅇ, 한신대에 다니는 또다른 ㅇ, ㄱ한테서도 연락이 왔다. 골프학과에 진학한 왕눈이 ㅈ도 학교에 들른다고 했고, ㅎ과 ㅅ는 도서관에서 공부만 열심히 하고 있다고 전했다.

　그렇게 놀기 좋아하던 아이들의 변화된 모습이 얼마나 기뻤으면 어머니가 학교로 전화를 다 하셨을까. ㅎ는 6주 동안의 군 훈련을 마치고 허리 수술을 했다고 한다. 곧 완치가 될 것 같다고 하면서 2학기에는 후배들의 태권도 지도를 하겠다고 병동에서도 성화란다.

　군 입대를 앞두고 인사를 왔던 ㅅ이 날 못 보고 간 것이 아쉬웠던지 부대에 들어가기 전에 전화로 인사를 해 왔다.

　"후배들 진학지도는 저희가 하겠어요. 멋모르고 놀기만 했던 것이 후회도 되고요. 후배들에게는 놀아도 최선을 다하며 놀라고 꼭 일러줄 겁니다."

다음 달 특강은 외부에서 초빙을 하지 않고 ㅇ와 ㅅ의 이야기를 듣기로 했다. 간디고등학교나 우리 학교나 다른 대안학교 출신 아이들이 모이면, 모두 같은 이야기를 한단다. 좋은 학교였다고, 학교가 그립고 선생님이 보고 싶다고…….

졸업생 부모들까지 인사를 온다고 하니 정말 아이들이 변하기는 변한 모양이다. 꼴찌가 첫째 된다는 것이 이런 것을 두고 하는 말인가 보다.

힘들었던 첫해 이야기를 할라치면 그 녀석들은 안절부절못하고 그만 하라며 야단법석을 떨고 손으로 싹싹 비는 시늉까지 한다. 문제를 지닌 청소년들이 이곳을 거쳐 이제는 떳떳하게 일어서서 세상에 뿌리내리고 있는 모습을 보고 그들과 함께 이야기를 나눌 수 있는 기쁨은 우리들만이 누릴 수 있는 몫인 것 같다.

하지만 아직도 자리를 잡지 못해 서성이는 친구들도 있으니 그 친구들은 더 기다려 주어야겠다. 얼마나 고마운 일인가. 기다림은 그 자체만으로도 가치 있는 일이라는 걸 알게 되었으니…….

애꿎은 담배에는 수없이 불을 당기면서도 막상 자기 인생에는 불을 당기지 못하는 청소년들을 떠올려 본다. 병은 어느 순간 발생하여 육체와 정신을 좀먹는다. 재빨리 병의 진행을 막아야 한다.

병을 완전히 멈추게 한다는 것은 과거의 상처를 솔직히 인정하고 받아들임으로 나쁜 기억들이 더 이상 자신의 몸과 마음을 괴롭히지 못하게 하는 것을 뜻한다. 이것이 바로 치유이다. 싫든 좋든 자기 자신을 솔직히 인정하고 받아들이며 긍정적인 마음가짐으로 자기 자신을 주도할 때 진정한 치유를 기대할 수 있다.

인간은 사랑으로 창조되었다. 그리고 자라면서 사랑이 충만하고 넉넉하고 여유가 있을 때 더 큰 창조력을 지니게 된다. 그렇지 않을 때 인간은 자신을 파괴하게 된다. 있는 그대로의 자신을 인정하지 못하고 다른 사람과의 교류를 피하면서 폐쇄적이고 부정적인 사고를 확대하는 것은 자기 자신을 더욱 파멸로 이끌게 된다.

가장 중요한 것은 타인과의 싸움이 아니라 자기 자신과의 싸움이다. 여기서 우리는 승리자가 되어야 한다. 병에서 치유되고 승리하기 위해 자신을 단련하고 변화되려는 노력은 자기 안에서 끊임없이 지속되어야 한다.

중심을 잃고 꿈과 희망을 갖지 못한 나약한 아이들이라도 작은 데서부터 계획을 세우고 충실하게 살아간다면 엄청난 발전과 변화가 이루어지리라 확신한다.

갈등, 그리고 문제 해결

    10대들이 있어야 할 자리는 어디인가? 10대들이 모여 있는 곳이라고 하면 음산하고 떠들썩하고 담배연기가 자욱한 곳이 연상된다. 겉으로 보기에 반항적으로 보여도, 그들의 내면은 갈등하고 또 갈등하며 그 해결의 실마리를 찾지 못해 많이 아파하고 있다는 것을 느낄 수 있다.

    어른들은 어른들대로 그러한 문제들을 짐작은 하고 있으면서도 경제적 사정 등의 여러 이유를 들어 해결의 실마리를 푸는데 손 쓸 엄두를 내지 못하고 있다.

    그렇지만 양업고등학교는 늘 하느님이 도우신다. 이번에 우리는 좋은 프로그램을 지원받아 한 학기를 잘 마무리하고, 이제 여름방학에 들어가려고 한다. 서울시립청소년정보문화센 이철위 관장의 도움으로 '스스로넷 미디어 캠프www.ssro.net'를 설치하여 2박3일 동안 청소년이 겪는 갈등과 그 해결의 실마리를 찾고자 노력했다.

    학생들은 미디어 캠프 내의 집단 상담 과정 첫날에는 갈등

사례를 살펴보고 다음날에는 그 해결 사례를 영상자료를 통해 모색해 보았다. 나는 왜 갈등하게 되는가, 그로 인해 생기는 문제에는 어떤 것이 있는가, 등에 관한 물음을 통해 해결방법을 찾아가면서 어느 새 아이들은 프로그램에 빠져들었다.

그리고 그 정리 단계로 학교 안에서의 갈등과 문제의식, 문제해결 방법에 관해 스스로 그룹 영상물을 제작해 내어놓았다. 작품마다 다 끼가 넘쳐나고 재치가 있는 걸작품인지라, 그 속에 담겨 있는 '양업인'들의 무한한 가능성을 보며 모두 환하게 웃었다.

이 프로그램 진행을 위해 전문 상담원 열한 분이 수고해 주셨다. 진심으로 감사를 드리지 않을 수가 없다. 또 졸업한 선배들 열다섯 명이 자청해 숙식까지 하며 도우미로 나서주었다. 훌륭하게 자란 선배들이 후배들을 걱정하며 건전한 학교 문화가 만들어질 수 있도록 관심을 갖고 도와준 것이다. 그 모습을 바라보는 것만으로도 나는 절로 기분이 좋아졌다.

일과가 끝난 후에는 선후배가 잘 다듬어진 운동장에서 축구도 하고 캠프파이어를 하며 밤늦도록 우의를 다졌다. 그리고 홈 정리를 도와주며 마무리를 한 후, 함께 잠을 청했다.

방학 날이 되어 종업 미사를 위해 졸업생과 재학생들이 함께 제대를 중심으로 둘러앉아 한 학기를 정리해본다. 사육되는 건지, 교육되는 건지 분간이 되지 않는 경우도 더러 있었지만, 자기반성을 통해 변화된 모습도 볼 수 있었다.

자기반성을 하지 않으면, 제대로 된 사람이 되어가는 시기가 한없이 길어지고 늦어지게 될 것이다. 1학기 동안 여러 가지 사건이 일어날 때마다 우리가 반성하며 깨달은 만큼, 그들도 방학동안 훌쩍 커서 건강하게 돌아오길 기도한다.

오월 예찬

　오월의 새벽, 비가 온다. 우산을 받쳐 들고 길을 나서며 묵주의 기도를 드리면 내 발자국 소리에 산새들이 놀라 인사를 한다. 아름다운 새 소리가 생음악으로 퍼져나간다. 새벽길은 홀가분한 느낌으로 나를 반긴다. 다리는 아프지만 무겁던 몸도 어느 사이 한결 가벼워진 것 같다.

　꽤 멀리 길을 떠나왔나 보다. 아침의 상쾌함으로 하루를 열며 하느님을 향하여 성무일도와 미사를 드린다. 아침식사가 맛있다. 이렇게 아침을 연다. 업무가 시작되고 아침조회가 끝나고 조간신문을 훑어보며 커피를 한 잔 마시고 두 시간 철학수업을 한다.

　수업이 끝나면 외부행사를 챙기며 내달린다. 행사가 끝나자마자 돌아와 내방객을 맞이한다. 꽃의 나라 네덜란드에서 20년간 바로크 음악을 연주하고 있는 부부와 환담을 나누었다. 방문 기념으로 성경을 찾아 꺼냈더니, 성경은 이미 선물받았다고 해서 다른 선물을 찾아보았다.

오늘 행사에서 받아 온 귀한 선물, '산삼'이 보인다. 오랫동안 유럽에서 지냈으니 풍토병이 걱정된다는 말과 함께 산삼 두 뿌리를 선물로 드리니 무척 기쁜 표정이다. 덩달아 나도 기분이 좋아졌다.

여러 현안을 놓고 갑론을박 토의를 하는데 전화벨이 요란스럽다. 저녁식사 약속이 늦어지고 있음을 그제야 알았다. 정말 내 시간은 아침 시간밖에 없는 듯하다.

학교로 돌아오니 갑자기 마음이 무겁다. 정리가 잘 되지 않는 밀린 숙제가 부담이 되기 때문이다. 함께 찾아온 내방객들은 학교 정원에 앉아 담소를 나누고 있다. 학생들이 성모상 주변으로 옹기종기 모여들어 묵주의 기도를 시작한다. 내방객들의 말소리는 점점 작아지고, 학생들의 기도소리가 점점 커지더니 이내 교정에 가득 찬다.

하루가 너무 바빴는지 하품이 연신 나오지만, 밀린 숙제 때문에 밤을 세워보려는데 마음은 벌써 나를 침대에 누인다. 낮에 학생들에게 했던 이야기가 문득 떠올랐다. 십 대, 이십 대의 삶이 평생을 가름하니 시간을 낭비하지 말고, 목적 없이 빈둥대지 말고, 시큰둥하게 살지 말자고 말이다.

학생들이 '양업'에서 철분이 많이 들어 있는 영양가 높은 말들을 자꾸 듣다보면, 언젠가는 성령님이 오시고 철이 들게 되겠지. 그리고 뜨거운 감동이 일어나게 될 것이다.

젊은 학생들이 레드오션Red Ocean의 피바다가 아닌 블루오

션Blue Ocean, 즉 청정바다를 꿈꾸며 오늘을 힘차게 살고 미래를 행복하게 가꾸어, 늘 싱싱한 오월 같기를 바라며 간절히 기도한다. 그리고 끝기도로 오월의 성모찬가를 흥얼대며 하루를 접는다.

공중에 매달린 수박

    높은 산줄기에는 벌써 찬 서리가 내렸다. 산 다랑이는 텅 비어 있고 들판에는 벼 수확이 한창이다. 여름 내내 자란 들풀, 줄기만 남은 옥수수도 뽑아내고 무성하게 자란 고구마도 캘 때가 되었다. 모처럼 학생들이 무더기로 쏟아져 나와 학교 주변을 정리하고 나니 오랜만에 머리를 손질한 것처럼 상쾌하다.

    금년 봄에는 고구마를 두 곳에다 심었다. 한 곳에는 통고구마를 심었고 다른 한 곳에는 고구마 새순을 사다가 심었다. 수확을 앞두고 똑같이 무성한 잎줄기를 자랑하고 있는 고구마순을 캐 놓고 보니 통고구마를 심었던 곳은 실뿌리와 줄기만 무성한데 비해, 새순을 심었던 곳은 토실토실한 고구마가 뽐내고 있었다.

    같은 고구마이지만 통고구마는 자체 양분만을 축낸 빈털터리 신세가 되어 있었고, 새순을 심은 고구마는 충실한 열매를 맺었으니 그 차이가 엄청났다.

    여름에 우연히 하우스 안의 수박들이 공중에 주렁주렁 매달려 있는 것을 보았다. 내 상식에 따르면, 수박은 덩굴식물이므로 땅에서만 자라는 것인데 이렇게 공중에 매달려있으니 신기하기 짝이 없었다.

물론 인공적인 받침이 수박을 밑에서 받치고 있긴 했지만 하늘에서 쏟아지는 강한 햇살을 받아 줄기가 싱싱하게 자라고 있는 수박들을 보는 순간 농부의 기발한 아이디어에 저절로 감탄이 나왔다. 그리고 작년 여름의 일이 떠올랐다.

우리 학교 역사 담당 선생님이 고추와 오이에게 지지대를 세워 주면서 참외에도 지지대를 세워주고 있는 것이 아닌가. 나는 이내 참외 덩굴이 힘들게 매달려 있는 모습을 보고 참외는 땅으로 뻗는 식물이라 지지대에 묶어 놓으면 안 된다고 큰소리를 치며 일침을 가한 적이 있었다. 그런데 이제와 생각해 보니 나의 고정관념이 선생님의 신선한 아이디어에 제동을 건 것 같아서 부끄럽다.

아이들이 엉뚱한 행동을 할 때면 아무것도 이루어지지 않을 것이라는 선입견과 두려움 때문에 무턱대고 막고 보자는 생각이 앞선다. 고정관념을 깨야 하는 학교에서 내 고정관념을 강요하고 있는 것은 아닌지 되돌아보게 된다.

엉뚱한 모습이 좀 불안해 보여도 그것이 어떻게 진행되는지 조용히 지켜보며 기다려 주는 노력이 필요하다. 세상을 바꿀 만한 인물이 그곳에서 나올 수도 있다는 확신을 새롭게 해본다.

'함께 하는 것'이 교육이다

교사는 학생을 가르치는 사람이다. 자기 분야를 가르치는 데 있어서 거침이 없는 경지에 이른다면 얼마나 좋겠는가. 그러나 평범한 우리는 그런 경지에 도달한 전문가가 되기 위해 정성을 다해 끊임없이 노력할 뿐이다.

아무리 잘난 제자라 하더라도 그 스승만큼 밖에 되지 못한다고 하는 것은, 가르치는 교사에 의해 제자가 그만큼 변화한다는 말일 것이다.

교사가 되어가지고 학생에게 한 수 가르쳐 달라고 눈치를 준다면, 이는 정말 웃음거리일 것이다. 교사는 자기 분야에서 최고가 되어야 하는데 말이다.

그런데 가르치는 일이 교실에서만 이루어지는 것은 아니다. 평소에 하는 교사의 말 한 마디, 걸음걸이, 옷차림 등이 주는 무언의 메시지까지도 학생에게는 가르침이 된다.

우리 학교는 다른 학교와 달리 선생님이 늘 학생 곁에 붙어 있다. 교사가 특별히 무엇을 학생들에게 해줘서가 아니라, 함께 있어주는 것만으로도 학생들을 가르치고 있는 것이다.

등, 하교를 하지 않고 기숙사에 머물러있어야 하는 아이들은 자기들을 바라보고 지지해 줄 선생님을 고대한다. 무료하고 따분해질 수 있는 학교생활에 활력을 주고 그들과 기쁨과 슬픔을 함께 나눌 수 있는 선생님들이 옆에 있다면 학생들은 행복할 것이다.

목적 없이 공허하고 내용이 없는 학생들에게 자상한 교사마저 옆에 없다면, 그들의 마음은 모래알처럼 부서져버릴 것이다. 홈home 미사시간에 수녀님들과 그 홈 학생들뿐일 때가 있다. 힘 있는 축제의 미사를 봉헌하며 성령님이 감도하심을 느끼고 싶은데 오늘은 마음이 많이 언짢았다. 근무하는 교사들이 모두 학교 밖으로 나가 버렸기 때문이다.

가톨릭신자가 아닌 선생님들이 더 존경스럽고 가르침이 훌륭해 보일 때가 있다. 이런 비신자 선생님의 열성에 비해, 힘겨워하며 미사시간에 들어오는 신자 선생님들이 학생들 눈에 어떻게 비춰질지 걱정스러울 때도 있다. 신앙이 깊은 선생님들이 계시지 않을 때는 엄마가 없어서 보채는 아이들처럼 학생들도 어수선하다.

가르침은 교실에서뿐만이 아니라 일상생활 속에서도 계속되어야 한다. 더 이상 우리 아이들을 불쌍하게 만들어서는 안 된다. 언제나 좋은 마음을 가지고 좋은 일을 꿈꾸며 학생들 마음속의 빈자리를 메워주어야 한다. 그래야 학생들 마음이 든

든해질 것이며, 그 무언의 가르침이 그들에게 큰 가르침이 될
수 있을 것이다.

책임을 지고 있는 동안 최선을 다해 학생들 곁에 있어주는
교사가 '큰 교사'이다. 아이들은 그린 교사를 저절로 알아보고
존경하게 될 것이다.

자유와 책임

누구나 자유롭고 싶다. 간섭과 통제를 하면 할수록 반항 하며 제멋대로 하고 싶어 하는 청소년들은 더 말할 나위가 없다. 이들이 제대로 된 자율성을 가지고 있다면 얼마나 좋겠는가. 하지만 올바른 자율성을 갖는다는 것은 어른들에게도 매우 어려운 일이다.

진정한 자유란, 제 마음대로 하는 것이 아니라 원칙에 기대어 선택하고 결정하며 책임을 지는 것을 뜻한다. 자유는 더 높은 질적 자유를 위해 있는 것이기 때문이다. 우리에게 주어진 자유를 합당하게 사용하지 못한다면 빼앗길 수밖에 없다. 자신과 공동체의 질서를 위해 어쩔 수 없이 필요한 일이다.

얼마 전에 서울의 한 대학교수 신부를 만났다. 2년 전에 양업고등학교를 졸업한 학생이 그 학교에 지원했는데 수능 성적이 과목별 1, 2, 3등급에 해당되더란다. 그런데 좋은 성적과는 달리 생활 점수가 모자라서 불합격 처리가 되었다는 얘기를 전해주었다.

"신부님, 면접 때 그 학생을 불합격 처리했습니다. 출석일수에 제동이 걸렸지요. 결석일수가 너무 많아서 왜 이렇게 결석을 많이 했느냐고 물었더니 수업에 참여하는 것은 자유의사이며 그것이 학교 방침이라고 대답하더군요."

나는 그 학생의 대답이 더 솔직하고 진지했더라면 하는 아쉬운 마음이 들었다. 나는 늘 학생들에게 말해왔다.

"자유란, 원칙에 합당하게 순응하는 것이어야 한다. 수업에 참여하는 것은 자유다. 그런데 수업에 참여하지 않는다면, 학생으로서 더 높은 수준의 질적인 수업을 받기 위해 더 적극적으로 노력해야 할 것이다."

제도권 학교나 대안학교나 다 똑같은 교육의 장이다. 대안학교가 일반학교와 다른 것은 일방적으로 자유를 강제하고 통제하지 않고, 일반학교보다 자율성을 훨씬 더 많이 누릴 수 있다는 점이다. 이는 그만큼 학교생활이 즐겁고, 머물고 싶고, 행복하다는 것을 뜻하기도 한다.

하지만 그 자유 안에서 선택한 행동에 따르는 책임은 자기 자신이 질 수밖에 없다. 학생들은 자기에게 돌아오는 불이익의 책임이 자기에게 있다는 것을 잊지 말아야 한다.

청주대학교 경영학부에 다니는 우리 학교 졸업생에 관한 이야기다. 그는 어깨가 떡 벌어지고 몸이 다부진 청년으로 양업에서의 생활과는 달리 철이 들어도 보통 멋지고 훌륭하게 든 것이 아니어서 학교생활도 모범적으로 하며 즐겁고 보람차게 지내고 있다.

그는 방과 후나 주말에 후배들에게 충고의 말을 전해주기 위해 자주 모교를 방문하곤 하는데, 그런 그가 머리를 긁적이며 후배들에게 얘기하는 걸 들은 적이 있다.

"해병대에 두 번 지원을 했는데 말야. 두 번 다 불합격했어. 해병대는 꼴통만 가는 곳인 줄 알았는데 많이 업그레이드가 된 모양이야. 남자답게 군대생활을 하고 싶었는데 결석일수가 너무 많다고, 성실성에 문제가 있다고 불합격 처리를 해버린 거야. 그제야 지난 날 불성실하게 학교생활을 한 게 생각나면서 정신이 번쩍 들었어. 너희들은 꼬박꼬박 출석일수 챙겨서 불이익 당하는 일이 없기 바란다."

체험을 통한 진지한 반성이 후배들에게도 좋은 교훈이 될 것이고, 자신의 삶을 아름답게 만드는 좋은 거름이 될 것이라고 믿는다.

'학생들아, 자유에 대해 착각하지 말아라. 자유의 개념이 무엇인지 잘 파악하고 나서 학교생활을 하기 바란다. 자유는 성숙한 사람에게 부여되는 선물이야. 그 선물의 가치를 아는 사람만이 자율성 안에서 희망을 꿈꾸며 인생의 청사진을 그릴 수 있는 것이란다.'

떠나보내야 할 시간

푸르고 싱싱하던 여름도 가고, 형형색색 아름답던 단풍도 떨어지고, 하얀 눈이 사뿐히 내리는 겨울이 오면 교사들은 또 다시 새로운 봄을 준비해야 한다.

면접 온 학부모가 재학생에게 물었다.

"이 학교의 특징은 무엇인가요?"

"우리 학교는요, 아이들이 순둥이가 돼요. 욕도 잊어버리고 착해져요. 무슨 힘이 작용하고 있다는 생각이 듭니다."라고 대답했다고 한다.

우리에게는 남다른 자랑거리가 있다. 어려운 공동체 생활을 견디며 이곳에서 3년을 지낸 학생들은 자연스레 남을 생각하고 배려하는 마음을 갖게 된다는 점이다. 졸업을 앞둔 한 학생이 이렇게 말한 적이 있다.

"이제 어디를 가더라도 그곳에 적응할 자신이 있다는 것이 여기서 얻은 큰 수확입니다."

이제 3학년들은 곧 양업을 떠나게 된다. 한 학년씩 올라갈 때마다 점점 더 성실한 모습으로 변화되었던 아이들은 수능시험이 끝났는데도 동요하지 않고 끝까지 학교생활에 충실히 임하고 있다. 당당히 어깨를 펴고 힘차게 사회 속으로 떠날 채비를 하고 있는 것이다.

대학으로, 사회 속으로 미운 정, 고운 정 다 든 아이들을 떠나보내려 하니 두렵기도 하다. 한 선생님이 걱정하고 있는 내 마음을 달래주었다.

"신부님, 저는 걱정 안 합니다. 5년만 지나 보십시오. 아마 우리 아이들이 누구보다 당당하고 멋지게 서 있을 것입니다."

찌꺼기 걷어내기

위대한 작곡가이자 음악가인 모차르트는 그에게 음악을 배우고 싶다고 찾아오는 사람에게 이런 질문을 던지곤 했다.

"전에 음악을 배운 적이 있습니까?"

배운 적이 있다고 하면 모차르트는 수업료를 두 배로 청구했다. 그리고 전혀 배운 적이 없다고 하면 수업료를 반만 내라고 했다는 것이다. 사람들은 너무나 부당한 처사라며 불평을 했다.

"음악을 전혀 모르는 사람이 오면 수업료를 반만 내라고 하고, 십 년 동안이나 음악을 공부한 사람이 오면 수업료를 배로 내라고 하시는데 도대체 무슨 까닭입니까?"

"음악을 배운 사람들의 경우, 나는 먼저 그 찌꺼기를 걷어내야 합니다. 그동안 가지고 있던 잘못된 습관을 없애는 것이 백지 상태에 있는 사람을 가르치는 것보다 훨씬 더 힘든 일이기 때문입니다."

오랜 훈련과 습관에 의해 형성된 성격을 바꾼다는 것은 거의 불가능한 일이다. '고기를 낚는 어부들'도 자신들이 '사람을 낚는 어부'가 되리라고는 꿈에도 생각지 못했을 것이다.

그런데 예수께서는 그 어부들을 구원사업의 동업자가 되어 달라고 부르셨다. 그리고 그동안 그들 삶에서 생겨난 고정된 생각과 마음을 없애고 '새 마음'을 만드셨다.

그 작업은 실로 어려운 일이었을 것이다. '새 마음'은 부활하신 예수님을 제대로 바라볼 수 있게 해준 믿음의 마음이다. 그 마음은 훗날 '사람을 낚는 어부들'이 부활의 삶을 행동으로 옮길 수 있게 해주었다.

예수님의 열두 제자들은 시골사람들이어서 순수하긴 하지만, 무지한 사람들이었다. 예수님은 그런 사람들과 동행하며 하느님에 대한 인간 사랑을 알려주시고, 하느님의 아들인 자신의 정체성을 확인시켜주셨다.

때가 되자, 예수님은 앞으로 이룰 구원사업에 관해 말씀해주셨다. 또한 최후의 성찬 식탁에서 모든 의미를 담아 말씀과 함께 보여주시고 나누어주셨으며, 절망의 십자가에 대한 수난과 죽으심, 묻히심을 직접 보여주셨다.

그리고 예수님은 죽은 지 사흘 만에 부활하셨다. 그러나 제자들은 예루살렘에서 있었던 치욕적인 십자가 사건과 스승의 죽음으로 예수님께 어떤 희망도 기대도 할 수 없었다. 그때 한 사람이 그들의 대화에 끼어든다.

"…… 그분의 시신을 찾지 못하고 돌아와서 하는 말이 천사들이 나타나 그분께서 살아 계신다고 일러 주더랍니다. 그래서 우리 동료 몇 사람이 무덤에 가서 보니 그 여자들이 말한 그대로였고, 그분은 보지 못하였습니다."

"이 어리석은 자들아! 예언자들이 말한 모든 것을 믿는데 마음이 어찌 이리 굼뜨냐? 그리스도는 그러한 고난을 겪고서 영광 속에 들어가야 하는 것이 아니냐?"

어부들은 그분이 성서 말씀을 들려주실 때 뜨거운 감동을 느꼈고, 한 식탁에 앉아 빵을 뗄 때 비로소 그분이 부활하신 예수이심을 알아보게 된다. 고기 잡는 어부들이 부활을 체험하며 드디어 '사람 낚는 어부'로 변신하게 된 것이다.

이처럼 제자들은 예수님의 부활에 대한 불신과 확신을 경험하며 복음의 증인인 주님의 사도가 되어 '사람 낚는 어부'로 거듭나게 되었다. 이 얼마나 경이로운 발전인가. 세속적인 마음의 찌꺼기를 거두어내고 하느님의 사람으로 태어나도록 예수님은 스승으로서 참으로 힘든 작업을 하신 것이다.

이 놀라운 변화는 예수님이 보여주신 사랑의 힘이 이루어낸 것이다. 그리고 비로소 제자들은 예수 부활을 가슴에 품고 인간 구원을 향한 사랑의 발걸음을 재촉할 수 있게 되었다.

매년 학생들의 비윤리적인 행동들을 살펴보며 잘못을 끄집어내어 없애는 일이, 지식을 가르치는 것보다 몇 배나 더 어렵다는 것을 실감한다. 시간은 흘러가는데 학생들은 현재 배우고 있는 것이 무엇인지 전혀 알지 못하고 있을 때도 있다. 그럴 때는 모차르트처럼 수업료를 곱절로 받을 수도 없고, 정말 답답하기만 하다.

그들이 모두 '사람 낚는 어부'가 될 수 있도록, 그들 속에 들어있는 찌꺼기를 다 꺼내주고 싶은데 그건 불가능한 일일까.

아직도 자고 있느냐 (마태 26:45)

　신부님이 강론을 하는데 신자들 대부분이 졸고 있고, 한 할머니만 초롱초롱 눈을 뜨고 있었다. 졸고 있는 신자들을 본 신부님은 열심히 강론을 듣고 있던 할머니에게 소리쳤다.

　"할머니! 뭐하고 계세요? 졸고 있는 옆의 신자 깨우지 않고!" 할머니는 어이가 없다는 표정으로 푸념했다.

　"신부님이 재워놓고 왜 나더러 깨우래?"

　강론이 신자들 마음과 거리가 멀면 졸 수밖에 없다.

　예수님께서 겟세마네 동산에서 번민에 쌓여 기도하실 때 제자들이 잠에 취해 있자 예수님께서는 제자들에게 말씀하셨다.

　"이직도 자고 있느냐? 한 시간도 깨어 있을 수 없단 말이냐?" 제자들은 예수님으로부터 수난 예고를 세 차례나 들었는데도 불구하고 그 말씀을 받아들일 마음 준비가 되어 있지 않았던 것이다.

　예수님께서 승천하시는 날도 제자들은 멍하니 하늘만 쳐다보고 있었다. 하지만 그분이 떠나시고 성령이 오시는 날, 제자들의 근심은 기쁨으로 바뀌었다. 그들은 예루살렘과 온 유다 지방, 사마리아 지역과 이방 지역 그리고 땅 끝까지 인간의 한계를 뛰어넘어 복음의 증인으로, 부활의 증인으로 다시 태어나게 되었다.

성령께서 오시는 날, 예수님을 속속들이 알게 된 제자들은 예수님에게 모든 초점을 맞춘다. 제자들은 협조자이신 성령이 오시자 드디어 십자가의 사랑이 세상을 이겼다는 것을 알게 되었다. 그들의 마음은 예수님의 사랑으로 넘쳐나 온갖 위험을 무릅쓰고 세상을 향해 투신할 수 있게 된 것이다.

수업시간에 아이들이 이곳저곳에서 잠을 잔다. 선생님이 수업을 잘 듣고 있는 학생에게 소리친다.

"야! 저 놈 깨워!"

학생이 속으로 '선생님이 재웠으면서 왜 나보고 깨우래?'라고 말하는 것 같다. 수업이 재미없어서 그럴 수도 있고, 수업을 받아들일만한 마음 준비가 되지 않아 그럴 수도 있다.

딱딱한 의자에서 힘들게 50분을 버티던 학생들은 끝나는 종이 울리자마자 '아휴, 답답해!' 하며 문을 열고 나선다. 그 느낌이 교무실까지 이어져 와 마음이 무겁다. 얼마나 힘들고 답답했으면 저럴까 싶어 동정심이 일기도 한다. 학생들이 수업을 받아들일 마음이 없다면 잠자는 것은 어쩌면 당연한 일이다.

그들을 깨워 더 이상 자고 싶은 마음이 들지 않도록 하는 일이 급선무이다. 그러려면 교사는 수업을 보다 더 철저히 준비해야 한다. 그리고 학생들의 마음을 움직일 수 있도록 노력해야 한다. 그들을 잠에서 깨어나게 하는 동력은 진정으로 그들을 존중하고 사랑하는 마음이기 때문이다.

오늘은 성령 강림의 날이다. 제사들의 마음 안에 성령이 오셨으며, 그들의 정신 안에는 세상을 이기고 승리자로 부활하신 예수님이 계시다. 진리의 성령이 임하신 제자들은, 그분처럼 세상에서 당당할 수밖에 없다.

성령은 인간 정신의 바탕을 보고 찾아오신다. 예수님의 생애는 하느님 아버지와 함께 한 생애이며, 신앙인의 생애는 예수님과 함께 하는 생애이다.

'양업'에서 지내는 3년은 학부모, 학생 모두에게 긴 피정의 시간이다. 그래서 다들 힘들다고 아우성이다. '양업'을 떠나는 날, 부모도 학생도 비로소 깨닫게 될 것이다. 제자들이 성령의 도우심으로 예수님의 전 생애에 담긴 하느님의 사랑을 깨닫고 파견되는 것처럼, 그날 부모도 학생들도 새로운 마음가짐과 자세로 세상을 향해 뛰어들게 되는 것이다.

성령강림대축일

성령강림일, 쉬운 말로 '성령님 오신 날'이다. 부활시기를 마감하고 주님 부활을 목격한 증인들의 구성체인 교회가 성령님을 통해 부활하신 예수님을 알아 뵈옵고, 하느님 아버지를 찬양하는 날이다.

그런데 이상하리만치 이 날을 조용히 지내고 있다. 예수님 오신 날은 요란하게 지내면서, 교회 창립일인 성령강림대축일은 의외로 조용한 것이다. 조용해야 할 때는 떠들썩하고 떠들썩해야 할 때는 조용한 것이 우리 교회 분위기인 것 같다.

대축일 미사를 봉헌하면서도, 원래 지닌 의미를 제대로 찾지 못하는 것 같아서 속이 상한다. 고개를 푹 숙인 채 의무감으로 미사를 드리는 모습을 지켜보노라면 서로가 불편하다. 능동적인 대안이 없을까? 신자 학생들에게 하는 질문도 더 이상 대화의 진전이 없다. "미사 참석했니?" 혹은 "고해성사 보았니?" 하는 정도이고, 대답도 간단하다.

"안 했습니다."

야단만 칠 것이 아니라, 신앙교육에 대한 대안이 있어야 하지 않겠는가. 어떤 이가 가톨릭 공동체를 '어른들만의 공동체'라고 표현했는데 여기에는 청소년들이 별로 없다는 의미도 포함되어 있다고 본다.

줄을 지어 성당에 입장하는 청소년들의 모습이 아쉽다. 역사를 알아야 미래가 보인다고 했다. 하느님의 구원사를 속시원히 이해하도록 도와주고, 단계적으로 진행되는 하느님의 인간 구원에 대한 예수님의 사랑을 알게 하는 작업이 필수적이다. 청소년들의 욕구에 충분한 조건을 갖추어 접근해 갈 때 청소년들을 향한 신앙의 비전이 있을 것이다.

이 학교엔 복사 출신 학생들이 의외로 많다. 어쩐 일인지 아이들은 미사전례에 대하여 관심이 없고 시큰둥하다. 나는 교목신부에게 청소년 신앙교육에 대안이 있느냐고 물어보았지만, 별 뾰족한 대답이 없다.

대안학교는, 청소년 신앙교육에 대한 대안을 찾아 본당에 공급할 책임이 있다고 본다. 말만 대안학교라고 할 게 아니다. 모두 인정하고 받아들일 만한 교육 개혁안이 없다면 스스로 멍청함을 자인하는 것이다.

본당에서는 청소년 사목을 보좌신부가 맡고 있다. 그래서 책임질 부분을 놓고 보수와 진보 사이에 불협화음이 있는 것 같다. 그런데 시간이 흘러 그 보좌가 본당 책임자가 될 무렵이면, 어느 사이 보수가 되어 있는 것이다. 그런데도 새로운 보좌들은 협력자로서 본당에 대해 맹목적인 비난만 할 것인가.

성령강림 날이 남녀노소가 기쁨의 축제를 벌일 만큼 하느님을 향한 진정한 축제의 날이 되었으면 좋겠다. 자, 날마다 새로이 태어나게 하는 협조자이신 성령님이 오신다. 먼저 나를 비워드리자.

사목자가 하느님을 향한 열정으로 가득 차 있을 때 비로소 성당도 변하게 된다. 청소년들이 우글거리고, 살아 숨쉬고 있으며, 머물고 싶고, 함께 하고 싶은 성당으로 변해 갈 것이다. 이 일만큼 신나는 일이 또 어디 있겠는가. 노력하는 만큼 이루어 질 것이라 믿는다.

고층 아파트

아파트가 키 자랑이라도 하듯이, 높게 솟아오르고 있다. 새로 신축하는 주상복합 아파트도 잘 생긴 자태를 뽐내며 우후죽순처럼 생겨난다. 그 옛날 높게만 여겨졌던 15층 아파트는 이제 초라하기까지 하다.

얼마 전 서울 목동에 있는 15층 아파트를 방문했다. 우리를 안내한 분이 그가 살고 있는 15층으로 가기 위해 엘리베이터 앞에 섰다. 남녀노소가 자기 집으로 가기 위해 거기 모여 있었는데, 그분이 나타나자 하나같이 방긋 웃어 보이며 친근하게 인사를 하는 것이었다.

나는 그 모습을 부럽게 지켜보다가 말했다.

"야, 예로니모 씨! 인기가 '짱'이다. 이 아파트 반장인가 보네!" 그랬더니 함께 있던 사람들의 웃음소리가 가득하다.

"저희 집이 맨 위층에 있으니 엘리베이터를 오래 탈 수밖에 없답니다. 그래서 오르내리는 도중에 사람들을 많이 만나게 되지요. 그때마다 저는 먼저 정답게 인사를 했습니다. 아이들한테도 제가 먼저 인사를 건넸지요. 그 덕분에 저는 사람들이 흔히 말하는 '단절된 아파트 문화' 속에 살지 않게 되었습니다. 그리고 남들로부터 존경도 받게 된 셈이지요. 아마 제가 아래 층에 살았더라면, 이런 즐거움은 없었을 것입니다."

"나도 어린 시절에 고층 아파트에 살았습니다."

내가 이렇게 말하자 무슨 말인지 주변 사람들이 알아듣지 못해, 순간 썰렁한 분위기가 감돌았다. 내가 어린 시절에 무슨 고층 아파트가 있었겠는가? 나는 고층 아파트를 학교에서 집 까지의 거리를 빗대어 말한 것이었다. 학교에서 집이 가까운 친구들은 아파트로 치면 낮은 층에, 집이 제법 멀면 높은 층에 사는 것으로 말이다.

나는 왕복 12km를 걸어서 학교에 다녔다. 그 거리를 수직 으로 세운다면 정말 높은 고층 아파트에 사는 격이었다. 다른 친구들은 학교에서 엎드리면 코가 닿을만한 거리에 집이 있었 으나, 나는 집이 너무 먼 까닭에 하교 후 집으로 걸어갈 때면 함께 걸어가던 친구들이 하나 둘 떨어져 나가는 바람에 결국 외톨이가 되곤 하였다.

그러나 나는 친구들보다 집이 멀다고 부모님께 불평하지 않 았다. 집으로 돌아간 친구들 대신 다른 친구들을 만난다는 설 렘으로 즐겁기도 했고, 혼자만의 시간을 즐기기도 했다.

이 동네, 저 동네 기웃거리기도 하고 미루나무 가로수가 늘 어진 국도를 따라 목청껏 노래도 불렀다가, 달리는 열차에 손을 흔들어 주기도 하고, 간간히 먼지를 피우고 달리던 자동차를 따라 달리기도 했다. 장날이면 시골 사람들의 유일한 교통 수단인 우마차에 올라타 그들의 친구가 되어 주기도 했다.

집이 먼 고층 아파트라 오르내리기 힘들기는 했지만, 오가며 많은 친구들을 만날 수 있었고 그들과 정겹게 인사를 나누는 즐거움이 있었다. 그리고 인사를 나누는 그 순간, 내가 모든 이에게 존중 받고 있다는 느낌이 들었다.

집이 너무 고층에 있다고, 혹은 너무 멀다고 탓할 것이 아니라, 좀 더 좋은 마음으로 이웃을 넉넉히 대하자. 모든 사람들이 나에게 더욱 친근한 사람으로 다가오게 될 것이다.

엉킨 낚싯줄 풀듯이

벌써 오래전의 일이다. 낚시를 하러 가보면 낚시꾼들은 여러 대의 낚시를 드리우고 찌에 초점을 맞추고 있다. 초보자에게 입질은 기분 좋은 일이다. 하지만 입질 한 번 하지 않고 밤을 꼬박 새는 날은 지루하기만 하다.

어쩌다 피라미라도 걸려들 때 전해지는 짜릿함은 무료함을 깨운다. 하지만 가끔 큰 것이 걸려들어 요동을 치기라도 하면, 여러 대의 낚싯줄이 사정없이 엉켜 머리가 아프다. 그럴 때면 인내심을 시험받게 된다.

이럴 때 프로 낚시꾼은 전혀 감정에 치우치지 않는다. 오랫동안 내공을 쌓았기 때문에 냉정할 수 있다. 그들은 고기와 신경전을 벌이기보다, 자연과 동화되어 머리를 식히고 느긋하게 즐긴다. 줄이 심하게 엉켰을 때도 투정 한 마디 없이 밤을 새워 풀기도 하면서 말이다.

초보자는 전문가에게 많은 것을 배운다. 똑같은 상황이 나에게 찾아왔을 때 성미가 급한 나는 인내심을 갖고 엉킨 줄을 느긋하게 풀기보다 단번에 줄을 끊고 새것으로 갈아 끼우곤 했다. 이런 일이 반복되는 날이면 성질을 참지 못해 엉킨 줄에 대까지 구겨서 던져버린 적도 있었다.

그렇게 처신하는 내 모습을 되돌아보면 정말 덕이 없다는 생각이 들었다. 그런 일이 몇 번 더 생기자 나는 재미를 잃게 되어, 낚시를 그만둬버렸다.

나는 학생 문제를 놓고 늘 민감하게 반응했다. 감정에 치우쳤고, 낚싯줄 끊어내듯 단번에 문제를 처리하려고 했다. 지내 놓고 보면 학생들은 별 문제가 없는데 나의 잣대로 학생들을 다룬 것이다.

느긋하게 기다려주면 되는 걸 언제나 속전속결로 처리하지 못해 안달이었다. 학생들의 마음을 잘 살피지 않고 빨리 문제를 해결만 하려고 했던 것 같다. 문제는 보이는 것이 전부가 아니라 부풀어 있게 마련인데 말이다.

학생들은 학생들대로 학교의 처방전이 자신의 입장을 고려한 교육적 접근이라고 여기지 않고 처벌이라고만 여긴다. 학교는 발 빠르게 결정하지만, 학생들은 학교를 불신하고 반발하기도 한다. 그래서 학생들은 사소한 일인데도 이곳저곳에서 심통을 부린다.

무엇이, 무엇 때문에 이런 상황을 만들었는지 밤을 새워가며 학생과 함께 문제를 풀어 보려는 마음이 부족했던 것은 아닐까. 강제적으로 빠른 시간 안에 학생들을 진압하여 내 요구에

순응하기를 바랐던 것은 아니었을까.

그런데 이는 나만의 병은 아닌 것 같다. 한국의 어른이면 모두 이런 급한 병에 걸린 게 아닌가 싶기도 하다. 이런 조급증은 문제 해결에 전혀 도움이 되지 않는다. 천천히 순리적으로 바라보는 것이 아니라, 상대방에게 내 생각을 억지로 집어넣어 급조시키려고 하기 때문이다.

이제 고기를 잡기 위해 낚시를 할 것이 아니라 인내심을 배우기 위해, 꼬인 낚싯줄을 밤새 풀며 여유롭게 앉아있고 싶다. 학생들 안에서 일어나는 여러 가지 상황을 정확히 읽고 끈기 있게 매듭을 풀어가는 법을 배우려면, 다시 낚시를 시작해야겠다.

그 녀석이 살아났다

'사랑해야지!' 하면서도 바라보기조차 힘들었던 아이들. 얼마나 보기 힘들었으면 졸업미사가 얼른 다가와 마지막으로 만났으면 좋겠다는 생각까지 했겠는가. 너희들도 학교에서만큼은 나름대로 자세를 가다듬어보겠다고 무척 참았겠지만, 나도 참으로 긴 시간을 인내해야 했단다.

제대로 자리를 잡지 못한 채 3년 내내 엉성하게 지내다가 학교에서 내쫓긴 너희들 모습은 너무도 비참해 보였다. 학교에서 쫓겨나자, 왜 학교 밖으로 나가야 했는지 의미를 찾지 못한 채 너희들은 원망만 무성하게 해댔지. 너희들은 이런 방법을 '벌'이라고 생각했겠지만, 그건 목표를 찾아보라는 강력한 뜻이었단다.

기숙사에서 공공연히 담배를 피워대며 술을 질펀하게 마셔대고, 선생님들에게 들켜 혼나면서도, "우리가 왜 술을 마시면 안 되는 거예요?"라며 따져 묻던 너희들이 아니냐.

3년이란 세월이 나에게는 진저리나게 힘들었다. 사실 너희에겐 그런 일이 유일한 낙이었고, 그러한 욕구 충족이 퍽 위안이 되었겠지. 하지만 우리 눈엔 너희가 전혀 정상으로 보이지 않았다.

고등학교 자퇴 후 싸움질과 오토바이, 차, 술, 담배에 의지해 하루하루를 지겹도록 즐기며 방황했다는 사실을 진작 알았더라면, 우리 가족으로 선택하지 않았을 텐데……. 부모도 너희들도 감쪽같이 과거를 숨기고 4차 면접까지 의젓하게 통과를 하지 않았더냐.

역시 우리보다 너희가 한 수 위였나 보다. 너희들은 이곳에 입학하더니 지난날 아무 일도 없었던 범생이처럼 시치미를 떼고 1, 2년 동안 실하게 살아가는 척 했었지. 그런데 학년이 올라가자, 그동안 숨겨놓은 부정적인 기억들이 수면 위로 떠오르는지 조금씩 본색을 드러내기 시작했다.

퉁퉁 부은 얼굴로 어슬렁거렸고, 수업시간이면 긴 하품 끝에 잠을 자고, 깊은 밤 기숙사가 고요해질 때면 몰래 무리지어 PC방으로 내달려 밤 시간을 잘라먹고는, 아무런 일 없었다는 듯이 시치미를 떼기도 했지. 새벽녘에 나를 만나면 소스라치게 놀라야 하는데, 산책 갔다 오는 중이라며 배짱 좋게 아침밥을 챙겨먹기도 했고…….

나도 너희들 못지않게 졸업식 날이 돌아오기만을 간절히 기다렸단다. 그리고 드디어 졸업식 날이 되었지. 그런데 배은망덕하게도 부전자전父傳子傳하여 나타나지도 않았다. 뒤늦게 나타난 어떤 녀석들은 감사는커녕, 졸업장에 불을 댕겨 태워버리고서는 그대로 달아나버리기도 했지.

그런 비겁한 모습을 보고 난 후, 나도 너희들을 보고 싶어하는 마음을 접어버렸다. 너희들이 보여준 행동을 보며 '제발 좀 나타나지 말아다오. 인간도 아닌 것들아!' 중얼거리며, 그 졸업식이 마지막 만남이길 바랐다.

그래도 위안이 되었던 것은, 많은 학생들이 졸업미사에서 눈물짓던 모습이었다. 그 기억은 나에게 큰 보탬이 되었고 지금까지 좋은 기억으로 남아있단다.

그런데 1년이 지난 오늘, 생각지도 않은 너희에게서 편지를 받게 되었구나. 너희 후배들에게 그 녀석들한테 감사의 편지를 받았다고 하니 그 애들도 놀라며 "사람 되었네요!" 하더구나.

속죄와 감사의 마음을 담은 이 편지.

'졸업하고 찾아뵙기는커녕 전화 한 통화 없이 지내온 것이 마음에 걸립니다. 그동안의 일들을 매우 죄송하게 생각합니다.'

너희는 선생님들의 성함을 한 분, 한 분 열거하며 너무나 큰 은혜를 입었다며 큰 감사를 드리고 있었다. 그리고는 입학 전에 숨긴 사건 사고들을 빈틈없이 열거하며 너무나 솔직하게 고백해 놓았지.

"…… 나를 숨긴 채 4차 면접을 무난히 통과해 입학했습니다. 그런데 이제야 정신이 돌아옵니다. 평생 동안 좋은 학교 '양업'을 기억하겠습니다. 꼭 찾아뵙고 인사를 올리겠습니다."

겨우내 얼어붙은 얼음이 녹아내리듯이 내 마음도 훈훈해졌단다. 나는 신이 나서, "그 녀석이 살아났다!"고 소문내며 돌아다니는 중이다. 이제 나도 너희에 대한 부정적인 생각을 지워버리련다. 사실 그동안 속으로는 얼마나 너희가 보고 싶었는지 모른다. 잘들 살게나!

문제아들, 잘 있어?

　가끔은 시골 본당처럼 정감 넘치고 활력 있는 곳이 그리워
질 때가 있다. 하는 일이 힘에 부치고 영적으로 메마를 때 특
히 그렇다. 낙천적인 성격으로 버텼지만, 내 얼굴은 대안학교
설립 이후 5년 동안 숯처럼 캄캄했다. 새벽을 열기 무섭게 난
파선처럼 청소년들과 나의 문제가 얽혔기 때문이다.

　본당 신부님들은 그런 내 속사정을 들여다보며 이런 인사말
을 했다.

　"문제아들, 잘 있어?"

　되지도 않을 일 한답시고 힘들어하는 모습이 안타까웠나 보
다. 그런데 내게 그 인사말은 시간이 지나면서 꽤나 불편해졌
다. 그래서 나도 그분들에게 들려줄 인사말을 찾아냈다.

　"문제 신자들, 쉬는 교우들, 잘 있어?"

　이 인사말은 더 이상 얽혀져 있는 인간관계를 문제 삼지 말
고 회복을 위한 대안을 찾자는 뜻이다.

　언젠가부터 나도 모르게 어른의 옷으로 갈아입고 과정보다

결과를 중시하며 폭력으로 청소년들을 힘껏 내리쳤던 것은 아니었을까. 그 결과 그들의 마음은 악성종양에 한센병, 중풍병 자처럼 일그러진 모습을 하고 있었다.

나뿐만이 아니라, 많은 어른들이 청소년들에게 마땅히 해주어야 할 책임과 역할을 다하지 못하고 있었다. 그것은 관계가 단절되도록 만들었으며 철없는 학생들을 사회에 방치시켰다. 이러한 사실을 깨닫게 되자 나는 차츰차츰 학생들의 대변자로 변해갔다. 학교에서의 소중한 체험이 가져다 준 결과였다.

통과의례처럼 성장 과정에서 터져 나오는 청소년 문제는 겪어낼 수밖에 없는 일인데 왜 좋지 않게만 본 걸까 하는 반성과 함께 고개가 숙여졌다.

그리고 그들을 통해 잊고 있었던 내 청소년 시절을 생각해냈다. 나도 예외 없이 미성숙한 철부지였고, 많은 문제를 일으키며 살았다는 기억과 함께 그들에 대한 이해심이 생겨났다.

우리 어른들은 청소년들에게 무엇을 요구하는 걸까? 어른들도 자기 안의 결핍된 부분을 미처 해결하지 못한 채 성인이 되었기 때문에 청소년 문제를 해결해 줄 설득력을 갖고 있지 못하다. 그러면서도 청소년들에게 일방적인 강요와 비난을 일삼으며 닦달만 하고 있다.

아이들은 말한다.

"어른들은 로또 복권이 당첨되면 신세를 고친다는데, 저희는 부모님 잘 만나는 것이 로또 복권 당첨되는 것이지요."

이제 난 학생들의 문제를 문제로만 보지 않는다. 그들과 직면해 어떻게 그들을 살릴 것인가 고민한다. '무거운 짐을 지고 허덕이는 젊은이들이여, 다 나에게로 오너라'라고 기도하면서 말이다. 이제는 옛 고향처럼 포근함을 간직한 본당보다 우리 학교가 천당처럼 더 좋다.

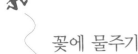

꽃에 물주기

화분을 잘 관리해 삭막한 주거 공간을 싱싱하게 가꾸는 가정을 볼 때가 가끔 있다. 콘크리트 건물 안팎에서 자라는 크고 작은 나무들과 넘치는 생명력으로 실내를 장식하는 화초들을 보면 풍요로움을 느끼게 된다.

그런데 이처럼 고마운 생명을 관심 있게 돌보는 사람은 흔치 않다. '양업' 학교 학생들만 해도 학교 건물에 놓여 있는 화분들과 전혀 무관한 것처럼 지낸다. 1년 내내 자발적으로 물 한 번 주는 학생이 드물다. 가정에서나 학교에서나 책임을 맡은 사람 외에 다른 구성원들은 그런 생명이 있는지조차 모르고 지내기 십상이다.

한 엄마의 얘기가 생각난다. 어느 여름, 엄마는 며칠 집을 비우며 집에 있는 화분에게 물을 주라는 부탁을 딸에게 했다. 엄마는 딸이 모르도록 두 개의 화분에는 생화 같은 조화를 심어 놓았고, 다른 두 개의 화분에는 생화를 심어 두었다.

엄마는 딸에게 물주는 방법을 정성껏 가르쳐주었다. 그런데 딸아이는 갑자기 책임진 일이라 그런지, 어떤 날은 화분이 넘쳐나도록 물을 주었고, 어떤 날은 깜박 잊고 물을 주지 않았다.

며칠 뒤 엄마가 집에 돌아와 보니 두 화분 속의 생화는 이미 죽어 있었다.

엄마가 딸아이를 불러 세웠다.

"화초가 말라 죽었구나!"

딸아이는 화초가 죽었다는 걸 그제야 알고는 씁쓰레한 표정을 지었다.

"아, 글쎄요. 화분에 똑같이 물을 줬는데, 이 둘만 이상하게 죽어 버렸어요. 이 둘은 여전히 생생한데 말이에요. 왜 이것만 죽었지요? 뭐가 잘못된 건가요?"

"얘야! 저 싱싱한 두 개의 화초는 살아있는 것이 아니라 조화란다. 너는 그것을 모르고 있었니?"

딸은 화분에 물을 줘야한다는 의무감만 있었지, 생명에 대한 책임자로서의 소명의식은 없었던 것이다.

우리는 일상에서 각자 생명과 일에 대한 책임을 지고 살아간다. 그런데 대부분의 경우, 책임져야 할 역할은 충분히 고려하지 않은 채 의무감만 갖고 있는 경우가 더러 있다.

우리도 그 딸아이처럼 맡겨진 화초들과의 관계는 중요하게 생각하지 않고 무심한 일상처럼 생명을 대하다가 망쳐버리는 경우가 있다. 외형은 조화처럼 멀쩡히 살아있는 듯 싱싱해 보이지만, 정작 생명체는 책임자가 역할 수행을 하지 못한 탓에

끙끙 앓다가 결국 죽음에 이르게 되는 것이다.

이 세상의 모든 생명체들은 저마다 '나를 사랑해주오!'라고 소리치며 아우성이다. 많은 생명체들이 제대로 자라서 성숙하려면 물이 더 필요하다고 호소하고 있는 것이다.

그러나 각자 책임져야 할 역할을 올바로 수행하지 않아, 그들의 소리는 공허한 메아리로 들릴뿐이다. 우리 신앙인들만이라도 참 생명 원리의 성체성사 신비를 통해 생명에 대한 책임과 역할을 다해야 할 때다.

애들아, 잘 살아라

입춘이 지나면 산골짜기 봄눈이 녹고 대지는 목을 축인다. 봄의 전령인 버들강아지는 예쁜 꽃눈을 터트린다. 그래서일까? 이즈음 졸업을 앞둔 학생들도 동면을 깨는 입춘을 맞아 기쁨을 터뜨리고 있다.

양업은 2007년에 일곱 번째 졸업생들을 낳았다. 그들은 중국과 일본에서 문화를 체험했고, 서울 전역에서 연극·오페라·전시회 등을 직접 관람하며 교실에서 몇 날 며칠을 두고 배워야 할 것을 현장에서 단숨에 익히기도 했다. 또한 산을 오르내리며 가장 힘든 자기와의 싸움을 통해, 보다 성숙해졌다.

기숙사 생활을 하며 선배들로부터 때로는 얻어터지기도 하고 '얼차려'를 당하기도 했지만, 잘 견뎌냈다. 이에 몇몇 마마보이들이, '엄마 나 얻어터졌어!'라며 마치 중상을 입은 것처럼 소문을 내는 바람에, 중심을 잃은 부모들이 학교에 나타나 선생님들에게 삿대질을 하며 자녀들을 데리고 나갔다.

부모의 직업이 교육자는 아닌 것 같은데, 학교에 찾아와서는 아이를 교육하는 선생님께 삿대질을 해대는 것이다. 나는 그러한 모습에 "여보시오, 교육은 선생님이 하는 겁니다. 당신은 직장에 가서 열심히 일하시오!"라고 일침을 놓기도 했다.

부모의 강요로 학교를 떠나는 친구들을 지켜보는 아픔도 만만치 않았다. 남은 학생들은 그 모습을 보며 고통을 견디는 법과 남을 배려하는 법을 배웠다. 그리고 졸업해서 소위 말하는 SKY 대학은 아니지만, 서울에 있는 대학에 많이 갔다.

성숙하게 키워갈 학과에 합격하자, 학부모들도 좋아하고 후배들도 잘 되었다며 내 일처럼 기뻐했다. 이것은 고통을 겪어낸 자들에게만 돌아가는 축복이고 은혜다. 예수님께서 이루신 십자가에서의 고통과 부활의 축제처럼, 우리 학생들도 자기 안에서 이뤄낸 부활의 축제를 노래했다.

졸업하는 학생들과 3년 동안 함께 숙식하며 지냈으니 인간적인 마음으로는 떠나보내는 것이 아쉽고 섭섭하기만 하다. 하지만 그들이 사랑으로 드높인 마음을 지니고 비상할 것을 알기에 한없이 기쁘다. 예쁜 꽃눈 터트리는 봄의 찬가처럼, '양업'의 졸업식은 언제나 정겹고 아름답다.

이 졸업생들은 3학년이 되자, 양업 공동체를 배려하는 문화를 만들겠다고 제안해 전체회의를 이끌었다. 그리고 대물림할 것 같은 폭력의 고리를 끊어주었고, 지난 8년 동안의 애환을 담은 '흡연터'를 손수 없앰으로써 '금연청정학교'를 만들어 주었다. 갖가지 악습의 온상이던 '흡연터'를 없애버린 것은 그들이 공동체에 남겨준 값진 선물이다. 나는 이들의 값진 노력을 학교사에 기록할 것이다.

무자식이 상팔자라는 말이 진실일까? 자식이 많은 나는 너무나 행복하다. 내 아이들은 군대에 가서 감사의 편지를 보내오고, 제대하면 찾아와 인사를 잊지 않는다.

그들은 큰 그림을 그리며 살 줄 아는 인간다운 인간이다. 또한 건강하고 행복한 사회인이다. 나는 그들에게서 성숙된 교육의 성과를 보았다. 그래, 애들아, 잘 살아주었다. 그리고 다들 잘 살아주렴! 안녕.

양업 고등학교 연혁

1996

1996. 4. 1. 윤병훈 신부 본교 설립 계획 구체화

1997

1997. 3. 1. 교구장 정진석 주교 교구 설정 40주년 기념사업으로 본교 설립 확정

1997. 3.27. 본교 설립추진 위원회(위원장 정충일 신부) 결성

1997. 6.20. 현 학교 부지 3,630㎡ 매입(충북 청원군 옥산면 환희리 181번지)

1997. 9.23. 양업고등학교 설립 계획 승인(충청북도 교육청)

1997.11.21. 학교 건물 기공식(지하1층·지상1층＝2,126㎡), 조립식 기숙사 (508㎡)

1998

1998. 1.21. 설립인가(한 학급 20명, 한 학년 2학급, 전체 120명 남녀공학)

1998. 1.26. 교육법 시행령 제69조의 2에 의거 대안교육특성화고등학교 지정 승인

1998. 3.28. 개교, 초대 교장 윤병훈 베드로 신부 취임, 교사동·기숙사 축복식

1998.10. 8. 교사동 증축(2층·3층＝연면적 2,144㎡) 기공식

1999

1999. 3. 1. 교육부 지정 자율시범학교 운영(3년간)

1999. 3.30. 교사동 증축 완공식

1999. 8.24. 제2대 이사장 장봉훈 가브리엘 주교 취임

2001

2001. 9. 4. 운동장 용지 5,963㎡ 매입(환희리 176번지)

2002

2002. 3. 1.　충청북도 교육청 지정 자율시범학교 운영
　　　　　　（2002.3.1.~ 2010.2.28.）

2002. 9.18.　도서관 및 여학생 기숙사(양업관) 준공식

2004

2004.12.10.　수녀원 증축 기공식

2008

2008. 4.18.　개교 10주년 기념 행사

2009

2009. 6.19.　양업관 다목적실 증축공사 준공식

2010

2010. 3. 1.　충청북도 교육청 지정 자율시범학교 운영

2013

2013. 3. 2.　제2대 교장 장홍훈 세르지오 신부 취임

2013. 8.24.　WGI William Glasser Institute로부터 '좋은 학교' 인증

2013.12.20.　교육과정 우수학교 표창(충청북도 교육감)

2014

2014.10.20.　대한민국 행복학교 박람회 공로 표창(교육부장관)

2014.12.31.　전국 100대 교육과정 우수학교 표창(충청북도 교육감)

2015

2015. 9. 1.　충청북도 교육청 지정 자율학교 운영
　　　　　　（2015.9.1.~ 2020.8.31.）

2016

2016. 5.25. 한국천주교주교회의 교육위원회 세미나

2016. 7. 6. '좋은학교Quality School' 방문 현장체험 국제 세미나
(미국, 캐나다, 콜롬비아, 호주, 일본, 싱가폴 '좋은학교' 전문가
70명 참석)

2016.11.11. 양업성가정 경당 기공식

2017

2017. 2. 3. 제17회 39명 졸업(총 557명)

2017. 3. 2. 제19회 40명 입학

2017.12. 1. 양업성가정 경당 건축 축성식

2017.12.27. 다목적 교실 및 급식소 기공

2018

2018.10. 5. 개교 20주년 기념 환희관 준공 축복식

2021

2021. 12. 31. 제22회 39명 졸업(총 748명)

2022

2022. 3. 2. 제25회 41명 입학

2022. 5. 2. 제3대 이사장 김종강 시몬 주교 취임

2022.12.29. 제23회 35명 졸업(총 783명)

2023

2023. 3. 2. 제26회 40명 입학

2023. 5. 2. 양업 설립 25주년 기념식 및 환희관 기숙사 축복식

양업 고등학교 이야기 1

내가 어디로 튈지 나도 궁금해

1판 1쇄 발행 2023년 10월 21일

지은이 윤병훈
발행인 김소양
편 집 권효선
마케팅 이희만

발행처 도서출판 다밋
출판등록번호 제321-2010-000113호
출판등록일자 1998년 06월 03일
주소 경기도 광주시 도척면 도척로 1071
마케팅팀 02-566-3410 **편집팀** 031-797-3206 **팩스** 02-6499-1263
홈페이지 www.wrigle.com

ISBN 978-89-6426-108-8 03810

잘못 만들어진 책은 구입하신 서점에서 교환해드립니다.